当诗词遇上科学

万物有灵

滔滔熊童书 主编

黑龙江科学技术出版社
HEILONGJIANG SCIENCE AND TECHNOLOGY PRESS

- 关于本书 -

　　本书收录了 13 首诗词。每首诗词均以 4 页篇幅介绍，前 2 页为"诗词赏析"，包含"注释""译文"和"诗词背后的故事"三个板块，诗词赏析搭配趣味插画，有助于读者学习和背诵诗词。后 2 页为"科学知识"，包含 2~3 个从诗词中挑选出来的科学知识点，为读者解释和说明，另有"科学加油站"板块，进一步对科学知识进行延伸，让读者在学习科学知识的同时，更深一层地了解和学习诗词。

诗词赏析

诗词
精选适合主题的诗词，引导读者阅读。

注释
对诗词中较难理解的字词进行解释。

插画
精美插画贴近诗词意境，趣味性强，有助于理解诗作。

春晓

〔唐〕孟浩然

春眠不觉晓，
处处闻啼鸟。
夜来风雨声，
花落知多少。

注 释

晓：清晨，指天刚亮的时候。
不觉晓：不知不觉天就亮了。
闻啼鸟：听到鸟儿的鸣叫声。闻，听到。啼，鸣叫。
夜来：夜里。

译 文

春天贪睡，不知不觉天就亮了，醒来时听到到处都有鸟儿的啼叫声。想起昨夜风雨声四起，庭院一定铺满了落花。

诗词背后的故事

　　孟浩然是唐代诗人，他一生都没有做官，他年轻时就隐居故乡，过着清闲疏散的生活。他和王维同为田园山水派诗人，还是一对挚友，经常互赠诗作，世称"王孟"。孟浩然擅长写五言诗，他传世的两百多首诗中，有一半都是赠答诗。
　　《春晓》就是孟浩然隐居鹿门山时写的，传诵很广，人人皆知。诗人春眠一觉醒来，早起的鸟儿已经在枝头叽叽喳喳地闹个不停，倾着鸟儿的啼叫，孟浩然又怜惜起昨夜的落花。想到这里，鸟儿的欢唱在诗人听来，倒是有几分恼惜了。

译文
以浅显易懂的语言，阐明诗词意义。

诗词背后的故事
对诗词的创作背景和作者写作时的心境做进一步说明。

科学知识

科学词典
对主题科学中涉及的科学
词语进行解释,帮助读者
深入阅读。

向光性

植物生长时为了获得更多的光照,会出现茎叶向
着光照射的方向生长弯曲的现象,这就叫作向光性。
植物为什么会有向光性呢?这是因为植物体内会产生
一种奇妙的物质,叫生长素。生长素的分布受到光的
影响:向光的一侧生长素浓度低,背光的一侧浓度高。
向光的一侧生长区生长较慢,背光的一侧生长区生长
较快,由此茎就产生了向光性弯曲。

光合作用

绿色植物(包括藻类)利用太阳的光能,把二氧
化碳和水合成有机物质,同时释放氧气的过程,我们
称为光合作用。光合作用所产生的有机物主要是糖类,
并释放出能量。一般来说,植物叶片的叶绿素含量越
多,光合作用就越强,所以衰老枯萎的叶片的光合速
率是很低的。

主题科学
趣味科学知识点搭配精
美插画,进行主题探究。

科学知识
挑选 2 ~ 3 个科学知识点展开介
绍,有趣又有料。

爱唱歌的鸟儿

脊椎动物中鸟类的数量最多,其次就是鱼类了。据统计,全世界为人所知的鸟类一共有 9000 多种,遍布全球。

鸟类可分为三类,一类是善于行走但是不会飞的鸟,比如鸵鸟;一类是擅长游泳和潜水但是也不会飞的鸟,如企鹅;
还有一类就是两翼两翅发达能飞的鸟,孟浩然诗中的鸟,就属于这一类。

1 鸟的外形

有个成语我们都很
熟悉,叫"麻雀虽小,
五脏俱全",意思是麻
雀这种小鸟虽然看起来
很小,但是身体结构却
很齐全,非常精致。

眼睛
喙
舌头
爪

2 用"心"唱歌的鸟儿

无论是哺乳动物,还是爬行动物,都是用喉咙发声的,但是鸟儿却不一样。
它们的鸣叫声是从一种叫"鸣管"的发声器官中发出的,鸣管位于它们的胸腔中,
所以鸟儿真的都是用心在唱歌呢!

鸟的解剖图
气管
支气管
肺
气囊

鸣管结构图
外鸣膜
半月膜
内鸣膜
鸣肌
支气管
气管

鸟儿这么爱鸣叫,它们的叫声有什么含义呢?求偶、宣示领地、联络同
伴——鸟类的鸣叫是它们之间传递信息的一种方式,不同的叫声表达的含义
不同。

很多鸟儿都喜欢在天朗气清、风和日丽的日子里歌唱,雄鸟能从清晨唱到正午,有时是在宣示领地,告诉别的鸟儿
别来我的地盘,有时是在繁殖期求偶,通过动听的歌声吸引雌鸟来展现自己相合。

除了这些,鸟儿的叫声还有联络同伴、向同伴发出警告的作用。如果敌人来袭,鸟儿会立刻发出特别的鸣叫声,通知
小伙伴们赶紧躲起来,抑或是像集结号一般,把同伴集合起来共同抵抗外敌。现在你知道了吧,虽然鸟儿的鸣叫听着都差不多,
但在鸟类世界中,它的用处可大了!

绒羽

绒羽分布在
鸟的全身,被尾
羽、体羽和翼羽
覆盖。绒羽很柔
软,可以形成温
暖的隔热层。

尾羽

尾羽生长
在尾端,在鸟
飞翔的过程中
起舵的作用。

鸟的羽毛

翼羽

翼羽生长在
翼的表面,是用
来飞行的羽毛。

体羽

体羽分布在
鸟的全身,鸟类
流线型的身体轮
廓非常适合飞行。

012

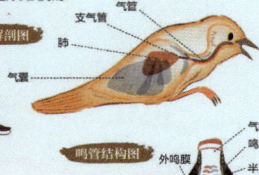

科学加油站

● 大天鹅和高山兀鹫批飞跃世界最高
峰——珠穆朗玛峰,大天鹅飞行高度能达
9 千米以上,高山兀鹫达到了 1 万米以上的
飞行高度,创造了鸟类的飞行纪录。

● 生活在欧亚大陆北部的大鹡,是鸟类
中蜂鸟和雌鸟体重最轻的鸟,雄鸟体
重为 11 ~ 12 千克,而雌鸟只有 5 ~ 6 千克。

大鹡

高山兀鹫

大天鹅

013

语言
采用生动活泼、通俗易懂的语
言,为读者分析知识点。

科学加油站
主题科学知识的深入和延伸,
助力读者拓展知识。

目录

咏鹅

〔唐〕骆宾王

鹅鹅鹅，
曲项向天歌。
白毛浮绿水，
红掌拨清波。

注 释

骆宾王：婺州义乌（今属浙江）人。
曲项：弯着脖子。项，脖子。
歌：唱。
拨：划动。

译 文

鹅啊鹅，
你弯着长长的脖子对着天空唱歌。
一身洁白的羽毛浮在碧绿的水面上，
一对红色的脚掌拨动着清清的水波。

诗词背后的故事

　　骆宾王是唐代著名的诗人，与王勃、杨炯、卢照邻合称"初唐四杰"。他从小就才思敏捷，相传他写这首《咏鹅》时，只有七岁！这首诗充满了童趣，只用四句就描绘出了一幅有声有色的场景。前两句写鹅向天空歌唱的情景。诗的第一句"鹅鹅鹅"三个字被反复咏唱，可见诗人对鹅是多么喜爱。诗的第二句描绘了鹅在鸣叫时的状态，它总是弯曲着脖子，就像是向着天空欢快地歌唱。诗的后两句写鹅在水中嬉戏的情景。鹅是水禽，非常喜欢玩水，它们全身羽毛雪白，能浮在水上，红色的脚掌轻轻一拨，水流就推动着身体缓缓前行，留下一圈圈清澈的波纹在水面上回荡，看起来趣味十足。

美丽的大白鹅

鹅是一种水禽，全身羽毛雪白，喜欢在水中嬉戏、觅食和求偶交配。常常浮在水面上，靠鲜红的脚掌拨水前行。鹅看起来胖乎乎的，属于鸟类，是由鸿雁驯化而来的。

鸿雁　　　　　　家鹅

1 爱梳理羽毛的鹅

鹅特别喜欢梳理自己的羽毛，它在水里将羽毛附着的灰尘和寄生虫清洗干净。鹅上岸后，再用喙仔细地梳理每一根羽毛，将杂乱的羽毛理顺。鹅梳理羽毛可不是为了好看，而是让羽毛之间连结得更紧密，提升防水性。

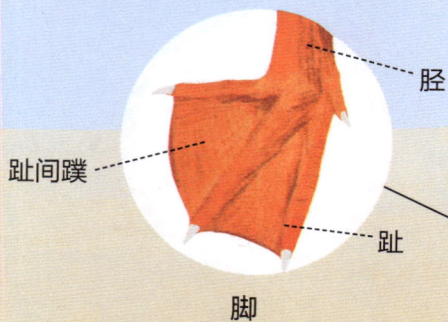

梳理前的羽毛

梳理后的羽毛

舌头

牙齿

喙

胫

趾间蹼

趾

脚

2 不怕冷的秘密

你有没有发现一个有趣的现象，鹅从水里上岸后，总会将头伸向尾巴，喙在羽毛里啄来啄去，它在啄什么呢？

答案是油脂！这就是鹅羽毛格外保暖的秘密。鹅的尾巴部位有个分泌油脂的腺体，叫作尾脂腺，尾脂腺中含有大量的脂肪、卵磷脂和高级醇。鹅会用喙压迫尾羽的位置，然后将挤出的油脂仔细地擦涂在每一根羽毛上，使羽毛有保温和防水的作用。所以当我们看到鹅在 0℃左右的低温仍然下水时，就别为它们担心啦，因为它们不怕冷！

3 "跟屁虫"小鹅

刚孵出来的小鹅会紧紧跟随在鹅妈妈屁股后面，因为它们第一眼看到的就是鹅妈妈，这种行为叫作"印记"。印记是指刚孵出来的幼鸟或刚生出来的哺乳动物会跟随第一眼看到的移动的物体，它可以让刚出生的小动物紧紧依附在父母身边，以得到最大限度的保护。如果刚孵出来的小鹅看到的是你，它也会当你的"跟屁虫"。

尾脂腺

科学加油站

● 鹅跟其他鸟类相比，翅膀已经明显退化，笨重的身体走起路来都颤巍巍的，更别说飞翔了。但鹅只要用力扇动翅膀，还是能飞的，只不过飞翔的能力有限，最多只能飞几米，之后就会落下来。

春晓

[唐] 孟浩然

春眠不觉晓，

处处闻啼鸟。

夜来风雨声，

花落知多少。

注 释

晓：清晨，指天刚亮的时候。
不觉晓：不知不觉天就亮了。
闻啼鸟：听到鸟儿的鸣叫声。闻，听到。啼，鸣叫。
夜来：夜里。

译 文

春天贪睡，不知不觉天就亮了，
醒来时听到到处都有鸟儿的啼叫声。
想起昨夜风声雨声四起，
庭院一定铺满了落花。

诗词背后的故事

　　孟浩然是唐代诗人，终生都没有做官，他年轻时就隐居故乡，过着清闲雅致的生活。他和王维同为田园山水派诗人，还是一对挚友，经常互赠诗作，世称"王孟"。孟浩然最擅长写五言诗，他传世的两百多首诗中，有一半都是赠答诗。

　　《春晓》就是孟浩然隐居鹿门山时写的，传诵很广，人人皆知。诗人春睡一觉醒来，早起的鸟儿已经在枝头叽叽喳喳地叫个不停，伴着鸟儿的啼叫，孟浩然又怜惜起昨夜的落花。想到这里，鸟儿的歌唱在诗人听来，倒是有几分惋惜了。

爱唱歌的鸟儿

脊椎动物中鱼类数量最多，其次就是鸟类了。据统计，全世界为人所知的鸟类一共有 9000 多种，遍布全球。鸟类可分为三类，一类是善于行走但是不会飞的鸟，比如鸵鸟；一类是擅长游泳和潜水但是也不会飞的鸟，如企鹅；还有一类就是两翼发达能飞的鸟，孟浩然诗中的鸟，就属于这一类。

1 鸟的外形

有个成语我们都很熟悉，叫"麻雀虽小，五脏俱全"，意思是麻雀这种小鸟虽然看起来很小，但是身体结构却很齐全，非常精致。

眼睛

喙

舌头

爪

绒羽

绒羽分布在鸟的全身，被尾羽、体羽和翼羽覆盖。绒羽很松软，可以形成温暖的隔热层。

尾羽

尾羽生长在尾部，在鸟飞翔的过程中起舵的作用。

鸟的羽毛

翼羽

翼羽生长在翼的表面，是用来飞行的羽毛。

体羽

体羽分布在鸟的全身，鸟类流线型的身体轮廓非常适合飞行。

012

2 用"心"唱歌的鸟儿

无论是哺乳动物，还是爬行动物，都是用喉咙发声的，但是鸟儿却不一样，它们的鸣叫声是从一种叫"鸣管"的发声器官中发出的，鸣管位于它们的胸腔中，所以鸟儿真的都是用心在唱歌呢！

鸟的解剖图

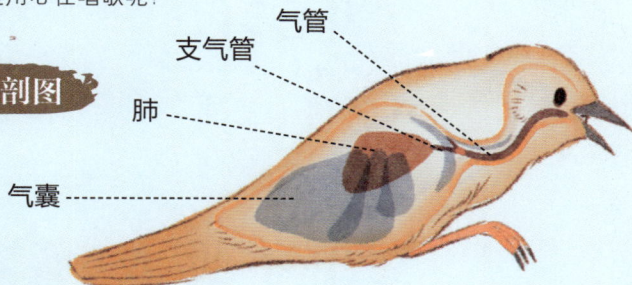

气管
支气管
肺
气囊

鸣管结构图

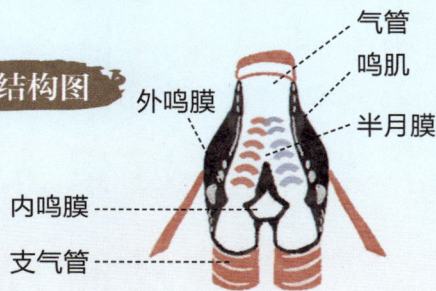

气管
鸣肌
外鸣膜
半月膜
内鸣膜
支气管

鸟儿这么爱鸣叫，它们的叫声有什么含义呢？求偶、宣示领地、联络同伴……鸟类的鸣叫是它们之间传递信息的一种方式，不同的叫声表达的含义不同。

很多鸟儿都喜欢在天朗气清、风和日丽的日子里歌唱，雄鸟能从清晨歌唱到中午，有时是在宣示领地，告诉别的鸟儿别来我的地盘，有时是在繁殖期求偶，通过动听的歌声吸引雌鸟来跟自己相会。

除了这些，鸟儿的叫声还有联络同伴、向同伴发出警告的作用。如果敌人来袭，鸟儿会立刻发出特别的鸣叫声，通知小伙伴赶紧躲起来，抑或是像集结号一般，把同伴集合起来共同抵抗外敌。现在你知道了吧，虽然鸟儿的鸣叫听着都差不多，但在鸟类世界中，它的用处可大了！

高山兀鹫

大鸨

科学加油站

◎ 大天鹅和高山兀鹫能飞越世界最高峰——珠穆朗玛峰，大天鹅飞行高度能达9千米以上，高山兀鹫达到了1万米以上的飞行高度，创造了鸟类的飞行纪录。

◎ 生活在欧亚大陆北部的大鸨，是鸟类中雄鸟和雌鸟体重差别最大的鸟，雄鸟体重为11～12千克，而雌鸟只有5～6千克。

大天鹅

鹿柴

[唐] 王维

空山不见人，

但闻人语响。

返景入深林，

复照青苔上。

注释

鹿柴（zhài）：辋川的地名，在今陕西省蓝田县的终南山下。
柴，通"寨"，指栅栏、篱笆等。
返景：返照的阳光。景，同"影"，指日光。
复：又。
青苔：深绿色的苔类植物，生长在潮湿的地面上。

译文

空旷寂静的山中看不见人影，
却能听到远处传来说话的声音。
落日的余晖洒进了密林深处，
又照射在了幽暗处的青苔上。

诗词背后的故事

　　辋川位于今陕西省蓝田县，那里层峦叠嶂、流水潺潺、草木茂盛，是唐代人们的休养胜地。王维既是唐代山水田园诗派的代表诗人，又是著名的画家，他15岁就到长安求取功名，凭着出众的才华，很快就小有名气。但是仕途中的王维并不顺利，他在官场上看尽了世态炎凉，逐渐萌生了退意。后来，44岁的王维买下了诗人宋之问在辋川的故居，过上了亦官亦隐的生活。

　　一天，王维邀请好友裴迪来辋川游玩，他们每观赏一景，就各写一首诗，这些山水诗被编成了《辋川集》。而《鹿柴》就是其中的佳作。林深树密，绿荫如盖，白天的阳光无法穿透。"返景入深林，复照青苔上"，当一束光穿透缝隙照在青苔上时，这种不起眼的植物就恰好被细心的王维捕捉到了。

苔藓植物

青苔是苔类植物的泛称，斑驳的石块、枯朽的树木、人行道的砖缝、花盆的底部，在这些不起眼的角落里，你总是能找到青苔的身影。想一想，你曾经在哪儿看见过青苔呢？

1. 喜欢潮湿环境

在森林深处，树木茂密，阳光很难穿透，因而阴暗潮湿，很适合青苔生长。苔藓植物虽然是植物，但它跟我们平时认识的植物不太一样。苔藓植物不会开花，也没有种子，它们通过孢子繁殖，而且在繁殖的时候必须有水，所以阴暗潮湿的环境非常适合苔藓生长。

苔藓的生长条件

光照：
散射光线

温度：
25℃以上

湿度：
80% 以上

2 开路先锋

苔藓植物被誉为植物界的"开路先锋"。它们能分泌一种酸性液体，可以缓慢地溶解岩石表面，加速岩石的风化，将其变成土壤。有了土壤基础，草本植物渐渐生长，土壤层越来越厚。接着，木本植物也生长起来，变成了一片郁郁葱葱的森林，苔藓在树林下生长得更好了！这就是苔藓植物对自然界的巨大作用。

苔藓非常小，它结构简单，没有维管组织，也没有真正的根、茎、叶，我们平时所见到的苔藓的茎、叶通常被称作"拟茎叶体"，而根则被称作"假根"。

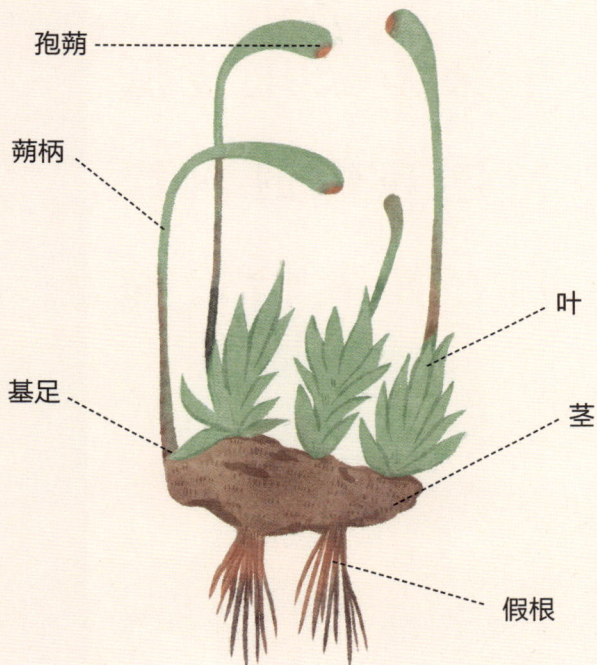

葫芦藓的结构

孢蒴

蒴柄

基足

叶

茎

假根

科学加油站

苔藓植物非常迷你，常常蔓延成一大片，就像为大地铺上了一层绿地毯。但仔细观察，其实它们有很多不同的形态，要知道，全世界有 23000 多种苔藓植物呢！

地钱

黑藓

大灰藓

大金发藓

江畔独步寻花（其六）

［唐］杜甫

黄四娘家花满蹊，

千朵万朵压枝低。

留连戏蝶时时舞，

自在娇莺恰恰啼。

注 释

江畔：江边，这里指成都锦江边。

黄四娘：杜甫住成都草堂时的邻居。

蹊：小路。

留连：即留恋，舍不得离去。

娇：可爱的样子。

恰恰：象声词，形容鸟叫声音和谐动听。

译 文

黄四娘家周围的小路上的花儿开得很茂盛，
万千花朵把枝条都压得低垂了。
蝴蝶在花丛中恋恋不舍地盘旋飞舞，
自由自在的可爱的小黄莺在花间不断欢唱。

诗词背后的故事

　　杜甫（712—770），字子美，自称少陵野老，世称杜工部、杜少陵等。河南巩县（今郑州巩义）人，唐代伟大的现实主义诗人。杜甫被世人尊为"诗圣"，与李白合称"李杜"，杜甫忧国忧民，人格高尚，1400余首诗被保留了下来，集为《杜工部集》。

　　这组诗作于杜甫定居成都草堂之后。755年安史之乱爆发，杜甫不幸成为俘虏，吃尽了苦头。后来在友人的帮助下，在成都西郊的浣花溪畔建成草堂，暂时有了安身的处所。第二年春暖花开时，杜甫在锦江江畔散步赏花，此时他生活安逸，闲适自在，写下了《江畔独步寻花》这一组七首绝句，这是其中的第六首。

千娇百媚的花儿

春天来了，黄四娘家门口的花开得真艳啊，竟然把枝条都压弯了腰。一朵，两朵，三朵……这些盛放的鲜花把沉寂了一个冬天的大地瞬间点亮了。

1 花儿的一生

开花植物的一生是从哪里开始的呢？是花、种子，还是根呢？其实植物的繁衍是一个循环，从种子发芽、长出茎叶，到开花授粉、结果结种，再到种子落地发芽，每个环节缺一不可，而开花授粉是其中非常重要的一环。下面就让我们以苹果为例，来详细地了解植物的一生吧！

蝴蝶或蜜蜂帮助苹果花授粉。

苹果树长大开花。

授粉后，花瓣自然脱落，子房逐渐膨大。

花瓣

柱头 ——┐ 雌蕊
子房 ——┘

花药 ——┐ 雄蕊
花丝 ——┘

花托

花萼

苹果成熟后掉落地上，种子接触土壤后发芽成长。

苹果越长越大，子房和花托的部分共同发育成果肉。

2 招蜂引蝶的花儿

花儿为什么开得那么鲜艳，闻起来又那么芳香呢？这都是为了繁衍后代。你可能想不到，花朵其实是植物的生殖器官。有些异花授粉的植物，雄蕊和雌蕊长在不同的花朵上；有些自花授粉的植物，授粉的成功率比较低。这就需要风、雨，或者其他小动物帮忙，把雄蕊上的花粉传到雌蕊的柱头上。

可是怎样才能吸引小动物来帮忙传粉呢？花儿通过开放美丽的花朵，散发浓郁的香气，召唤蜜蜂和蝴蝶来享用花粉和花蜜，当它们在花朵间盘旋飞舞时，身上携带的花粉就自然地传播成功啦！

3 在春天盛开的花

气温日渐升高，日照时间逐渐变长，春天冲破寒冷的冬天来到我们身边，在这样的季节里，我们能看到哪些花呢？

牡丹	金钟花	樱花	荠菜花	油菜花

科学加油站

- 母亲节的时候，我们会送给妈妈红色的康乃馨。
- 向日葵的花语是"不变的爱"，因为它总是向着太阳生长。
- 情人节人们最喜欢用红玫瑰来表达爱意。

渔歌子

[唐] 张志和

西塞山前白鹭飞，

桃花流水鳜鱼肥。

青箬笠，绿蓑衣，

斜风细雨不须归。

注 释

西塞山：在今浙江省湖州市西郊。

白鹭：一种白色的水鸟。

桃花流水：桃花盛开的季节正是春水盛涨的时候，俗称桃花汛或桃花水。

鳜鱼：一种淡水鱼，江南又称桂鱼，肉质鲜美。

箬笠：用竹叶或竹篾做的斗笠。

蓑衣：用草或棕编制的雨衣。

不须：不一定要。

译 文

西塞山前，白鹭在自由地翱翔，潺潺流水中，肥美的鳜鱼欢快地游着，漂浮在水中的桃花是那样的鲜艳而饱满。一位渔翁头戴青色的箬笠，身披绿色的蓑衣，在斜风细雨中悠然垂钓，并不急着回家。

诗词背后的故事

　　童年的张志和非常聪慧，传闻他三岁就能读书，六岁就能写文章，而且还有过目不忘的本领。他年纪轻轻就做了官，后来被贬谪，于是他干脆辞官，游历山水，最后隐居在祁门赤山镇，自称"烟波钓徒"。

　　这首词就是张志和游历吴楚山水时写的，词中描写了江南水乡春汛时的山光水色和怡情悦性的渔人形象，生动地表现了渔夫悠闲自在的生活，天空白鹭，岸畔桃红，鳜鱼肥美，也构建了一幅别样的生态画面。

桃花、白鹭和鳜鱼

春暖花开，斜风细雨，白鹭在山前自由地飞翔，片片桃花随水漂流，肥美的鳜鱼在碧绿的水里游动，这样的美景让人印象深刻。接下来，让我们从科学的视角出发，看看美景的背后藏着什么小知识吧！

1 桃花朵朵

花开、花谢是植物的自然现象，桃花谢了，才能结出甜美的果实。花朵完成授粉的工作之后，花瓣和雄蕊就慢慢凋谢了，这时候子房却悄悄膨大起来，因为它的体内正"孕育"着甜美多汁的果肉，让我们看看果实是怎么来的吧！

桃子的发育

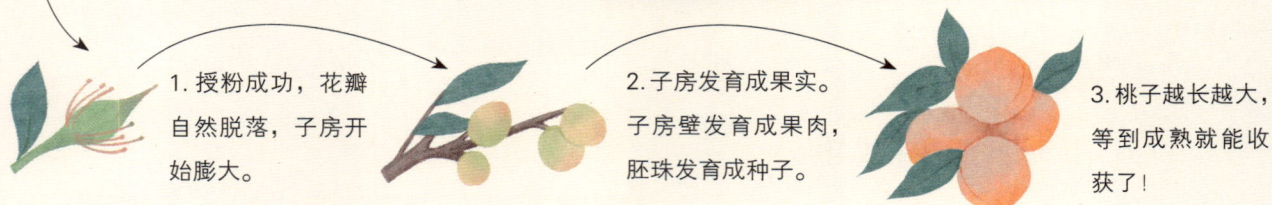

1. 授粉成功，花瓣自然脱落，子房开始膨大。

2. 子房发育成果实。子房壁发育成果肉，胚珠发育成种子。

3. 桃子越长越大，等到成熟就能收获了！

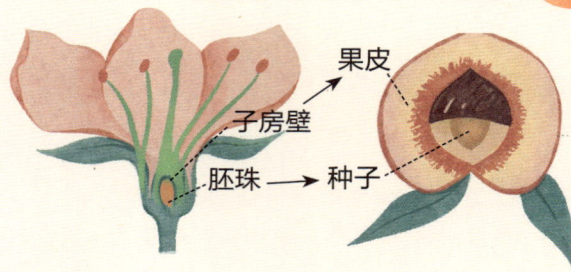

果皮

子房壁

胚珠 → 种子

2 雪白的白鹭

白鹭喜欢成群地一起筑巢，经常在巢群中发出"嘎嘎"的叫声，非常好辨认。白鹭经常在浅水里闲庭信步，看起来非常优雅，其实它是在等待美食靠近。白鹭喜欢吃小鱼，也吃虾、蟹、蝌蚪和水生昆虫等，一旦有鱼虾靠近，它们就用喙猛啄，再将鱼虾吞进肚子里。

白羽毛

白鹭

黑喙

黑腿

黄脚掌

生态金字塔

- 老鹰 → 三级消费者
- 鳜鱼　白鹭 ← 次级消费者
- 猴子　蜜蜂　小鱼 → 初级消费者
- 桃子　水草　桃花 ← 生产者

科学加油站

● 俗话说："大鱼吃小鱼，小鱼吃虾米。"我们知道生物界存在着食物链，食物链中有生产者和消费者，而生产者就是消费者的食物。仔细观察上面的生态金字塔，找一找桃子、白鹭、小鱼分别属于哪一层吧！

3. 肥美的鳜鱼

　　别看鳜鱼胖乎乎的，它可不太好惹！它是一种凶猛的淡水鱼类，而且是肉食性鱼类，主要吃小鱼和其他水生动物。鳜鱼白天一般潜伏于水底，夜间才出来觅食。

　　鳜鱼的肉质细嫩肥美，是我们餐桌上的美味。张志和在诗中赞美了"鳜鱼肥"，可见那时的人们也很喜欢吃鳜鱼呢。

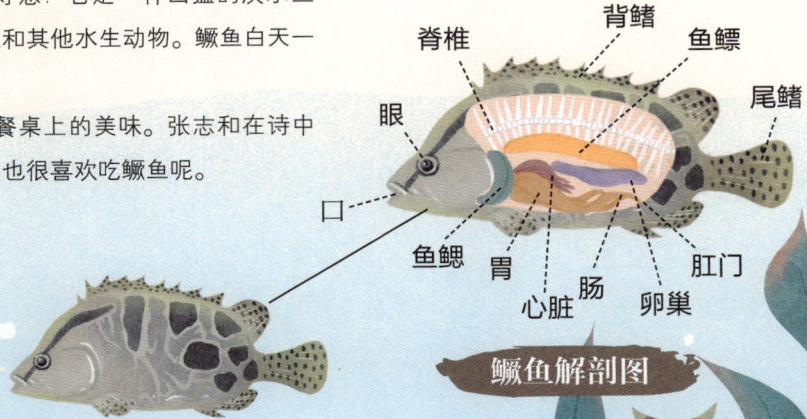

脊椎　背鳍　鱼鳔　尾鳍
眼
口
鱼鳃　胃　心脏　肠　卵巢　肛门

鳜鱼解剖图

鳜鱼

塞下曲（其三）

［唐］卢纶

月黑雁飞高，

单于夜遁逃。

欲将轻骑逐，

大雪满弓刀。

注释

月黑：指乌云遮月，看不见月光。

单于：匈奴的首领。这里指入侵者的最高统帅。

遁：逃走。

将：率领。

轻骑：轻装快速的骑兵。

逐：追赶。

满：沾满。

译文

在没有月光的、漆黑的夜晚，大雁高飞，

单于的军队想要趁着夜色悄悄潜逃。

正要带领轻骑兵一路追赶，

大雪纷纷扬扬落满身上的弓箭和佩刀。

诗词背后的故事

　　《塞下曲》其实是汉乐府旧题，内容多写边塞征战。卢纶的《塞下曲》全名为《和张仆射塞下曲》，由六首五言绝句组成，这是其中的第三首。卢纶是唐代的大历十才子之一，他的诗多为送别酬答之作，所作边塞诗最出名，常为人称赞。

　　卢纶早年多次应举不第，仕途很不顺利，但他在诗坛却声名远播，而且喜欢交友，在文化圈十分活跃，后来在元载、王缙等人的举荐下，才谋了一官半职。唐德宗年间，咸宁王浑瑊出镇河中，提拔卢纶为元帅府判官，这是卢纶边塞生活的开始，他也由此开启了边塞诗的创作之路。

大雁的迁徙

大雁属于候鸟。候鸟就是会随着季节变换而迁徙的鸟，它们在气温下降的时候会飞往温暖的南方过冬，到来年春天再飞回去。

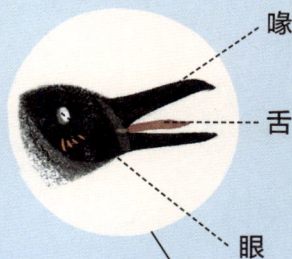

1. 南飞的大雁

你知道大雁为什么要飞去南方过冬吗？是因为它们怕冷吗？其实不是，大雁有丰厚的羽毛，抵御寒冷不成问题，食物才是迫使它们南迁的主要原因。因为北方一到冬天，食物来源就变少了，为了填饱肚子，大雁只好去千里之外的南方觅食了。

准备迁徙前，大雁会尽可能地多进食，让自己变得胖胖的。因为这趟长距离的飞行太消耗体力了，在飞行途中没有时间觅食，要一路饿着肚子，所以为了有充足的能量，必须在出发前多囤积点脂肪。雁群已经集结完毕，准备飞行！

天色暗了下来，飞了很久的雁群停在了一片湿地里，它们在这里休息以补充体力，如果能找到食物就更好了！大雁是杂食性动物，草、谷物、螺、虾等它们都爱吃。

头部

喙

舌

眼

休息的大雁

翼羽

2 "人"字飞行队

雁群排成"人"字形向南方飞去，领头的是一只强壮的大雁，它承担破风的任务。头雁在扇动翅膀时，尾部会引发涡旋，而涡旋的外侧恰好是上升的气流，后面的大雁可以乘着这股气流飞行，从而节省很多体力，这样就能飞行更远的距离。头雁飞累了会跟队尾的大雁交换位置，它们轮流承担破风的任务。

大雁飞行时的气流

俯视角观察大雁飞行图

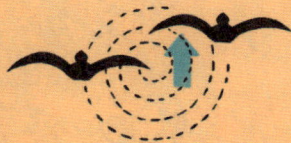

正视角观察大雁飞行图

3 不会迷路的大雁

在漫长的飞行旅途中，雁群是如何保证不迷路的呢？原来，大雁有超强的辨别方向的能力，它们依靠地磁的力量和太阳这一参照点来调整方向，这样在飞往目的地的过程中就不会迷路啦！

豆雁

白额雁

斑头雁

灰雁

鸿雁

科学加油站

雁是大型候鸟，是雁亚科各种类的通称。我们常见的有鸿雁、灰雁、豆雁、白额雁等。注意，大雁属于国家二级保护动物，不能随意伤害哟。

029

山行

[唐]杜牧

远上寒山石径斜，
白云生处有人家。
停车坐爱枫林晚，
霜叶红于二月花。

注释

山行：在山中行走。
寒山：指深秋季节的山。
径：小路。
斜：指山路弯弯曲曲。
白云生处：白云缭绕、飘浮之处。说明山很高。
坐：因为。

译文

沿着弯弯曲曲的石头小路上山，登上深秋的山顶，
在那白云缭绕的地方，竟然还隐隐约约有几户人家。
停下马车，是因为喜爱这深秋枫林的晚景，
枫叶像被秋霜染过，比那二月的春花还要鲜艳。

🔲 诗词背后的故事

　　杜牧出身名门世家，他的祖父是三朝宰相杜佑，杜牧因在家族中排行十三，被称为"杜十三"。杜牧才华出众、博通经史，二十多岁就在长安很有名气了。杜牧因晚年居住在长安南边的樊川别墅，故后世称他为"杜樊川"，著有《樊川文集》。杜牧的诗歌以七言绝句著称，其诗雄姿英发，后人将他与李商隐并称为"小李杜"，以区分李白、杜甫并称的"李杜"。

　　这首诗记叙了杜牧的一次远山旅行，在登山时看到开得如火如荼、胜于春花的秋枫美景，这个充满诗意的发现，让杜牧停车观赏，仔细观察枫叶变红的奥秘。

变色的枫叶

杜牧在诗中说"霜叶红于二月花"，也就是被秋霜染过的枫叶比春天的花还要红艳。那么植物叶子的内部到底有什么奥秘，能让美丽的枫叶随着季节变化呢？

1 会变色的叶子

我们知道许多树木的叶子一到秋天便会由翠绿慢慢转向黄色或红色，这是为什么呢？

春、夏季时阳光充沛，植物的叶片利用太阳的光能进行光合作用，由于叶子里含有大量的叶绿素，所以呈现出苍翠欲滴的绿色。

到了秋季，日照时间变短，天气也渐渐转凉了，叶绿素开始慢慢分解，这时候叶子中的类胡萝卜素和叶黄素就显现出来了，叶片开始由绿变黄。

而叶子变红是因为什么呢？这就要说到花青素了。花青素是一种红色素，由叶片积累的糖分转化而来。到了秋天，天气转冷，光照减少，这些都有利于花青素的产生，尤其在下霜后，气温急剧下降，花青素含量变多，叶片就更红了。

叶子的变色

胡萝卜素　叶绿素　叶黄素

胡萝卜素　花青素　叶黄素

2 红叶大家族

红叶只有枫叶这一种吗？你还见过其他红叶吗？

枫其实是槭树科一些树种的俗称，全世界的槭树科植物有200余种，这些树种的叶片像手掌一样，有掌状三裂、五裂的，也有七裂和九裂的。

还有一种红叶树种叫枫香，叶子通常是掌状三裂或者五裂，属于金缕梅科的植物。

除此之外，黄栌、火炬树的叶子到了秋天也会变红，它们也是红叶大家族的一员。

分辨枫和枫香

枫和枫香虽然分属不同的科，但它们的叶子非常相似，既有三裂的也有五裂的，那么该怎么分辨它们呢？这就要从它们的果实入手了。

秋天的叶子真是大自然的调色盘，除了有会变红的枫叶，还有很多树种的叶片会变黄，例如银杏、悬铃木、山毛榉，它们一到秋天就换上黄色的秋装，漂亮极了！

红色的树叶

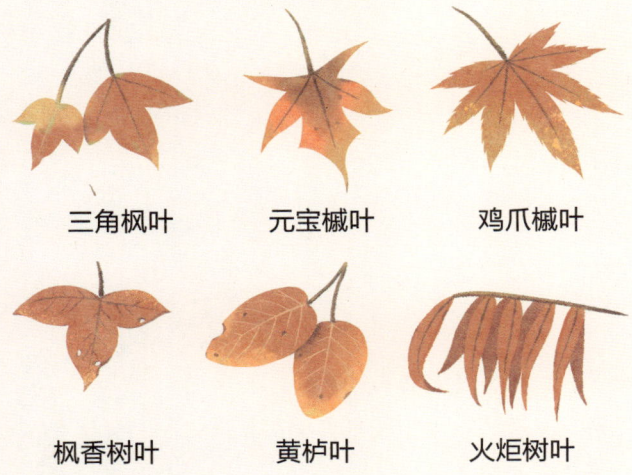

三角枫叶　　元宝槭叶　　鸡爪槭叶

枫香树叶　　黄栌叶　　火炬树叶

黄色的树叶

银杏叶　　胡杨叶　　悬铃木叶

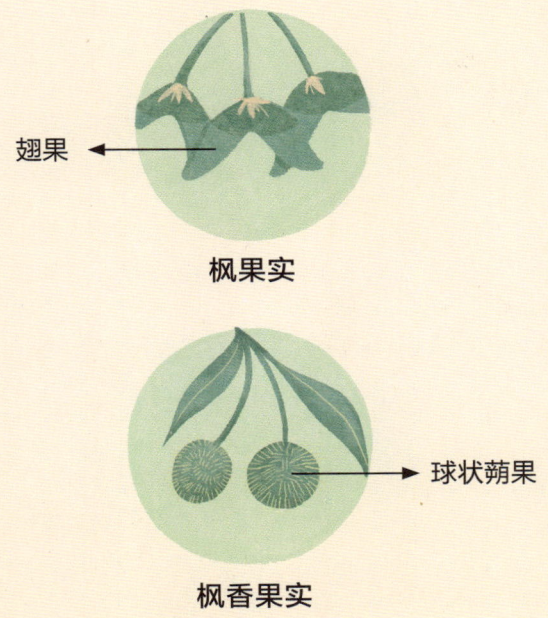

翅果 ←

枫果实

→ 球状蒴果

枫香果实

蜂

［唐］罗隐

不论平地与山尖，

无限风光尽被占。

采得百花成蜜后，

为谁辛苦为谁甜？

注释

山尖：山峰。

尽：都。

占：占领。

译文

无论是在平地，还是在山峰，

凡是鲜花盛开的地方，就有蜜蜂在奔忙。

它们采尽百花酿成了蜜，

到底是为了谁辛苦，又让谁品尝香甜呢？

诗词背后的故事

　　这是一首咏物诗。罗隐生活在动乱的晚唐，那是一个社会黑暗、民不聊生的时代，他对乌烟瘴气的社会风气深恶痛绝，常写诗词、散文来加以讽刺，抒发心中的愤懑不平。在《蜂》这首诗中，罗隐将辛勤劳动的蜜蜂这一意象引申、扩大为"劳动者"，用"为谁辛苦为谁甜"这种反诘的语气控诉了那些不劳而获的人，并抒发对广大劳动人民的怜悯之情，暗喻了作者对这种劳者不获、获者不劳的不平现实的痛恨和不满。

好忙好忙的蜜蜂

百花盛开的春天，是蜜蜂最忙碌的季节，它们在花间不停地穿梭劳作，可真勤劳啊！蜜蜂属于膜翅目蜜蜂科昆虫，全身呈黄褐色或黑色，膝状触角，咀嚼式口器，两对膜翅，三对足，其中后足是携粉足，能装下非常多的花粉。

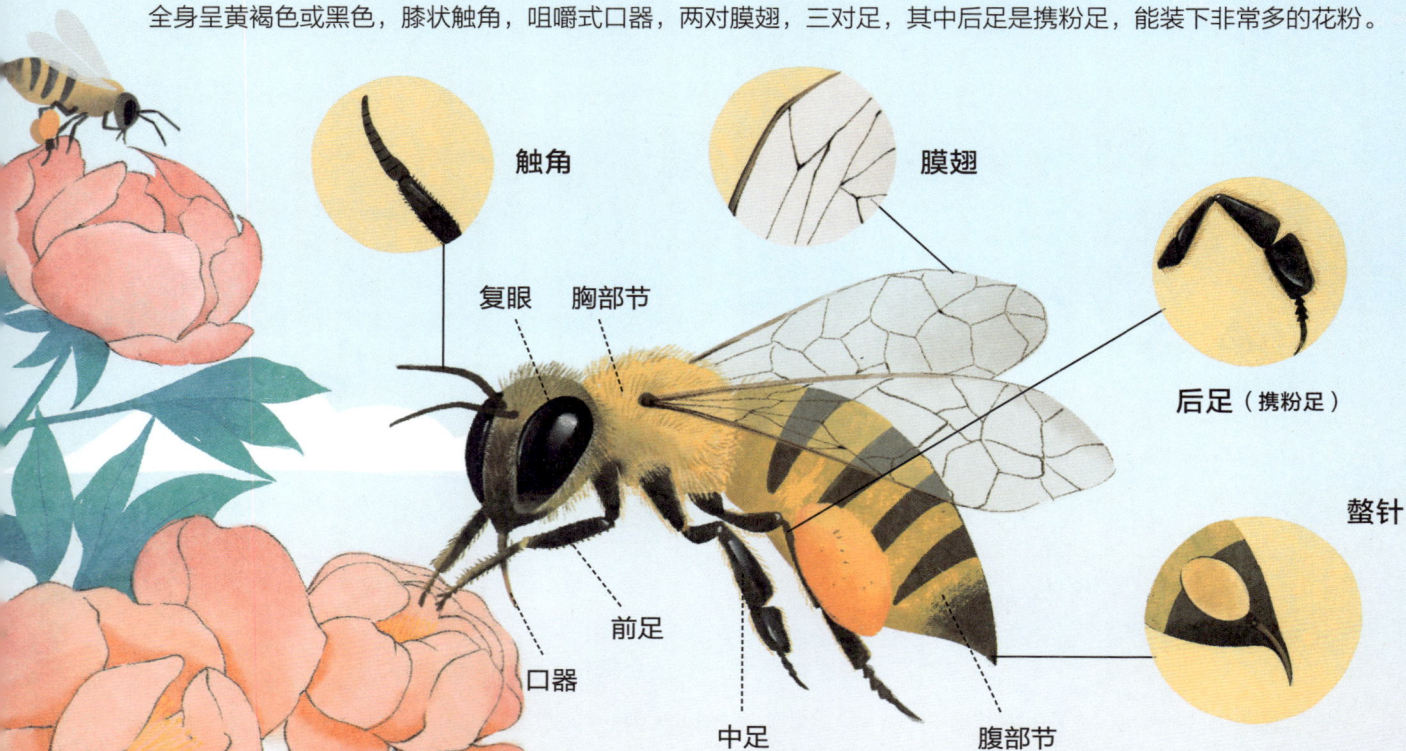

触角

膜翅

后足（携粉足）

螯针

复眼　胸部节

前足

口器

中足

腹部节

1 蜜蜂家族

　　蜜蜂喜欢过群体生活，是社会性昆虫，蜂群中有蜂王、工蜂和雄蜂三种类型的蜜蜂。虽然都是蜜蜂，但是它们的分工不同。蜂王和雄蜂只负责繁衍后代，其他工作则全部交给工蜂来完成，包括照顾蜂王、雄蜂、幼虫，还有清理蜂箱、采花酿蜜、防卫等，工作内容非常多。那么承担繁衍工作的蜂王和雄蜂都干些什么呢？其实蜂王每天要生产成百上千颗卵，也非常辛苦，而雄蜂交配之后很快就会死亡，所以它的工作是以付出生命为代价的。

蜜蜂类型

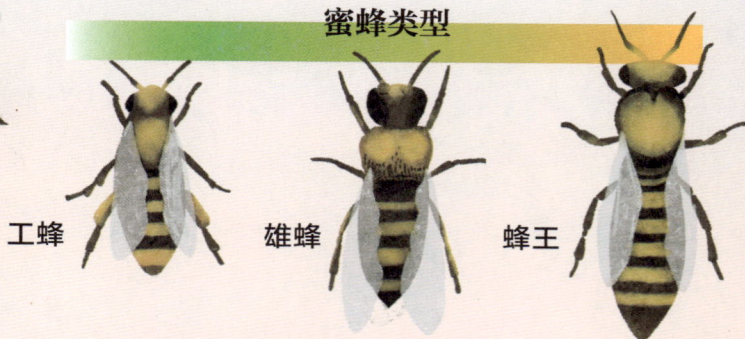

工蜂　　　　　雄蜂　　　　　蜂王

2. 蜜蜂是怎样采蜜的?

作为一种勤劳的昆虫,蜜蜂时时刻刻都在工作,它们独特的身体构造能给采蜜和采集花粉工作帮大忙。

采蜜

蜜蜂口器里的下唇、下颚、舌组成了一条细细的小管,当蜜蜂飞落到花盘上时,就将小管沿雄蕊的底部插入,便可持续不断地吸取花蜜。

运输花蜜

采集的花蜜都储存在蜜蜂的蜜胃里,回到蜂巢后,蜜蜂把蜜吐出来交给负责酿蜜的内勤蜂,内勤蜂接收到花蜜后就开始酿蜜啦!

酿蜜

内勤蜂会把花蜜反复吞吐,直至它充分混合消化液,然后再将这些花蜜贮藏在蜂巢里风干,七天左右就酿成蜂蜜了。

蜜蜂采蜜的同时还会采集花粉,它那一对能携带花粉的后足是它的好帮手!蜜蜂后足的跗节格外膨大,在外侧有一条凹槽,周围长着又长又密的绒毛,组成一个"花粉篮"。当蜜蜂在花丛中穿梭往来时,那毛茸茸的足上就沾满了花粉,然后,由多毛的足将花粉梳下,收集在"花粉篮"中。最后用蜜将花粉固定成球状,挂在后足表面带回蜂巢。

科学加油站

不要轻易招惹蜜蜂哟!当蜜蜂感觉受到攻击的时候,它就会亮出尾部的螯针,狠狠地扎入人的皮肤里。但是,蜜蜂失去螯针后也会死去,因为它从人体拔出螯针的时候,毒囊和体内的肠子也会被勾连出来,不久之后蜜蜂就会死亡。

咏螃蟹呈浙西从事

［唐］皮日休

未游沧海早知名，

有骨还从肉上生。

莫道无心畏雷电，

海龙王处也横行。

注 释

从事：古代官名。
骨：指螃蟹的外骨骼，即螃蟹身上坚硬的外壳。
莫道：不要说。
畏：害怕。
海龙王：传说中掌管大海的龙神。

译 文

还没有游历大海就知道螃蟹的名声，
它长相奇特，骨头生长在肉上面。
不要说它没有心肠，它也不怕什么雷电，
就算在海龙王那里也是横行无忌。

诗词背后的故事

　　这首诗是作者皮日休写给浙江从事的，当时正处于唐朝末年动乱时期，农民不堪忍受剥削，纷纷揭竿起义。皮日休本来在朝廷当官，后参加黄巢起义，任黄巢政权的翰林学士。黄巢起义以失败告终，皮日休也不知去向。

　　皮日休在这首诗中对螃蟹进行赞扬，其实也是对自己进行赞美。螃蟹有坚硬的外骨骼，且横行无忌，而自己也是个不畏强权、充满反抗精神的人。他以螃蟹自喻，既是对自己的鼓励，也是对强权的蔑视。

"横行霸道" 的螃蟹

螃蟹跟我们常见的虾一样，都是甲壳类动物，它们有一层坚硬的外壳，保护着身体。螃蟹靠鳃呼吸，在水里时，将清水吸进体内，通过鳃完成气体交换后，再将水排出来。当它上岸后，就只能吸进空气了，空气随着鳃里储存的水排出来的时候，就会神奇地吐泡泡。

1 坚硬的外壳

螃蟹的外壳叫作"外骨骼"。这层外壳就像支撑人体的骨骼那样，支撑着螃蟹的身体。刚出生的螃蟹的外壳是很柔软的，随着慢慢长大，一层一层蜕壳后，身体才越发坚硬起来。

根据螃蟹腹部的形状可以区分母蟹和公蟹。母蟹的腹部较圆，而公蟹的腹部狭长。

这样辨螃蟹

蟹足绒毛

母蟹

公蟹

螃蟹的生长过程

卵 → 幼虫 → 大眼幼体 → 少年 → 成年

螯足

2 横着走的霸道

螃蟹为什么会横着走？原来跟它的腿有关系。螃蟹步足的关节只能上下活动，无法向前后转弯，所以横着走更加省力。但也不是所有的螃蟹都是横行的，比如短指和尚蟹就是直着走路的。

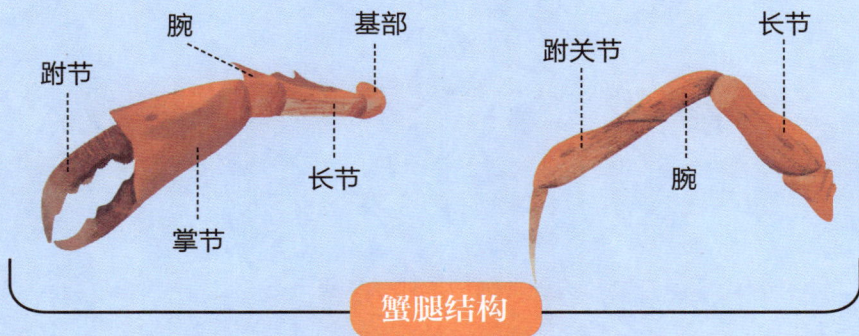

腕　　基部
跗节　　　　　长节
掌节

跗关节　　　长节
腕

蟹腿结构

3 眼高于顶的傲慢

"眼高于顶"就是眼界高于头顶，常常用来形容一个人骄傲自大、目中无人，螃蟹的眼睛也是长在头顶上，所以它是傲慢的吗？

螃蟹眼睛的构造很奇特，它有一个可以自如伸缩的眼柄，眼柄的功能是托住眼球，可以伸直超过头顶，看到远方，也可以缩回眼窝，隐藏起来。螃蟹最长的眼柄可达 3 厘米，难怪被人认为"眼高于顶"了。

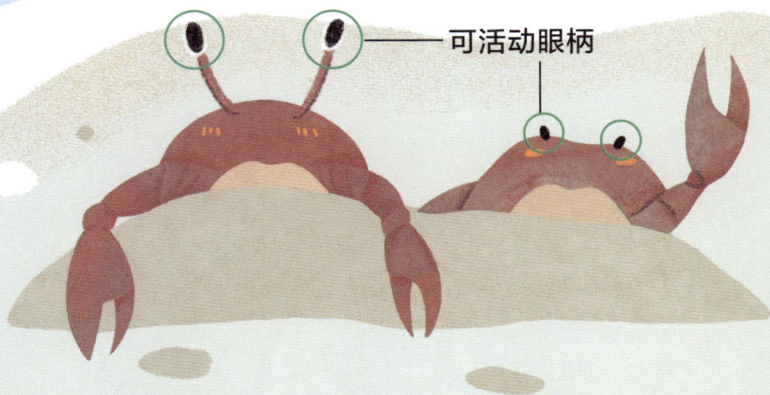

可活动眼柄

科学加油站

寄居蟹的样子很像蟹，所以名字里有个"蟹"字，但它其实不是蟹。事实上，寄居蟹的身体构造跟螃蟹是不同的，寄居蟹的螯足和背甲都非常坚硬，腹部却很柔软，需要钻进螺壳里保护自己，它会背着螺壳四处行走，而且是直着行走的。

寄居蟹

浣溪沙·咏橘

［宋］苏轼

菊暗荷枯一夜霜，

新苞绿叶照林光。

竹篱茅舍出青黄。

香雾噀人惊半破，

清泉流齿怯初尝。

吴姬三日手犹香。

注 释

新苞：指新橘。

青黄：指橘子，橘子成熟时，果皮由青色逐渐变成金黄色。

噀（xùn）：喷。

清泉：指橘汁。

吴姬：古时吴地女子，大致是在今江苏南部、浙江北部和上海一带的女子。

译 文

一夜霜冻过后，菊花凋残，荷叶枯萎，新橘却和绿叶相映衬，光亮耀眼。

竹篱茅舍掩映在青黄相间的橘林中。

剥开橘皮，芳香的果汁喷溅，初尝一口，汁水在齿舌间如泉般流淌。

江南女子的手剥橘后三日还残留着橘子的香味。

诗词背后的故事

　　苏轼是北宋著名的文学家、书法家、画家，他学识渊博，才华出众，诗、词、书、画样样精通，与父亲苏洵、弟弟苏辙合称"三苏"，同列"唐宋八大家"。

　　但是苏轼的仕途并不顺遂。王安石变法时期，性情耿直的苏轼曾上书谏言王安石新法的弊端，后来又作诗讽刺新法而下牢狱，流放黄州。尽管如此，苏轼的诗词依旧纵横恣肆、豪放潇洒，他善用夸张比喻，描写的景物生动又鲜活。

　　这首《浣溪沙·咏橘》作于宋神宗元丰五年（1082 年）十二月，短短几句就将橘子的外观、香气和内在滋味生动地呈现出来，让人口舌生津，忍不住地咽口水。

橘子红了

"菊暗荷枯一夜霜，新苞绿叶照林光。"当菊花、荷花枯萎凋谢之后，在绿叶映衬下，橘子才慢慢地展露出它独有的色泽。酸甜多汁的橘子不光令大文豪苏轼赞美有加，就连我们一想到橘子也会忍不住地流口水。

1 香雾迷人的橘子油

"香雾噀人惊半破"，苏轼剥开橘子皮时喷出的带特殊香气的水雾，跟橘子表皮上凹凸不平的颗粒关系很大。

这些颗粒被称作油室，在灯光的照耀下呈现晶莹的色泽，里面藏着丰富的橘子油，只需轻轻一挤，汁液裹挟着橘子油就会"刺"的一下喷溅出来，清爽的香气立刻充满整个屋子。

橘子油的用途

洗洁精

精油

手工皂

橘子油室

2 橘黄色的果实

顾名思义，橘子之所以叫"橘子"，正是因为果实成熟后会变为橘红色。你还记得树叶是怎么变黄的吗？没错，橘子由青转黄跟树叶变色的原理很像哟。秋天天凉了以后，橘子表皮的类胡萝卜素含量变高，橘子就会变黄了。

橘子果实的生长

1. 花朵成功授粉

2. 子房开始发育

3. 果实慢慢成熟

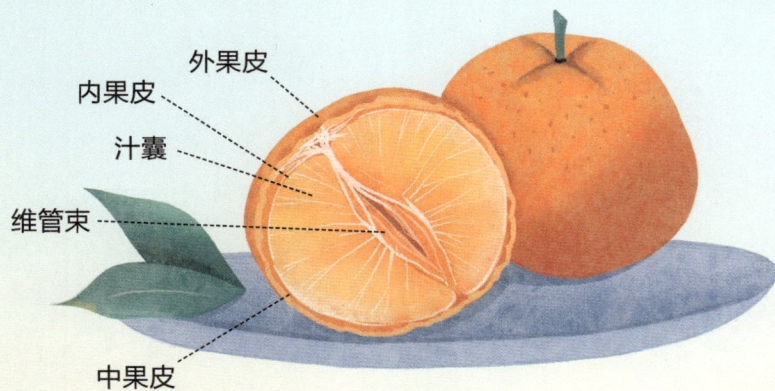

外果皮
内果皮
汁囊
维管束
中果皮

橘子剖面图

柠檬

柚子

葡萄柚

橙子

西柚

科学加油站

● 你有没有发现我们常吃的橙子、柚子、柠檬这些水果跟橘子特别像，其实它们都是芸香科柑橘属的植物，被统称为柑橘类，它们都是柑橘家族的成员。

晓出净慈寺送林子方

［宋］杨万里

毕竟西湖六月中，

风光不与四时同。

接天莲叶无穷碧，

映日荷花别样红。

注 释

净慈寺：杭州西湖南岸的一座著名寺院。

林子方：诗人的朋友。

毕竟：到底。

四时：春夏秋冬四个季节，这里指六月以外的其他时节。

接天：像与天空相接。

别样：特别，不一样。

译 文

到底是西湖六月天的景色，
风光和其他季节确实不同。
莲叶与天相接，一片无边无际的碧绿，
阳光照耀下的荷花显得分外鲜红。

诗词背后的故事

　　杨万里是南宋有名的大诗人，他曾担任秘书少监、太子侍读，当时林子方是杨万里的下属，两人志趣相投，经常聚在一起畅谈国事与文艺。

　　这一年，林子方接到诏书，被调任到福州，杨万里除了心中充满不舍，也为好友的前途担忧。林子方要远赴天涯海角的南方，以后彼此很难再相见，于是诗人送好友最后一程，并写下这首赞叹西湖美景的诗，委婉地表达对好友的难舍之情。

荷花开了

接天"无穷碧"的荷叶和映日"别样红"的荷花，是夏季独有的景致。北宋周敦颐也说："予独爱莲之出淤泥而不染，濯清涟而不妖"。这些让诗人们赞叹不已的荷塘美景，你见过吗？

1 荷花的一生

荷花的生长环境离不开水和阳光，从萌芽展叶、开花结实，再到长藕和休眠，这就是荷花一年的生长过程。

花、叶凋谢后，荷花的生命周期就结束了吗？其实没有，荷花是多年生草本植物，经过冬天短暂的休眠期后，到了春天就能再次发芽生长了，能生长很多年呢！

莲子

花瓣

荷花

雄蕊

雌蕊

花托

荷花的开放过程

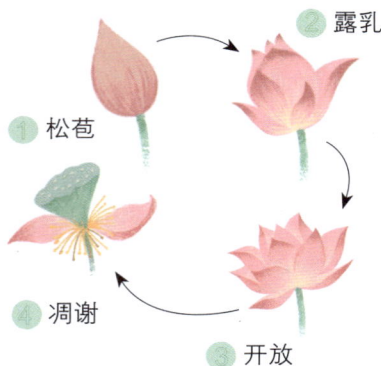

① 松苞
② 露乳
③ 开放
④ 凋谢

莲蓬

荷花授粉后，花托的部位形成幼嫩的莲蓬。

8月莲子就成熟了，采摘下莲蓬，莲子就藏在那些蜂窝状的孔洞里。

藕

藕是荷花的根状茎，在被挖出来之前一直生长在淤泥里，等到9~10月天气转凉的时候，就可以挖莲藕了。

2. 荷花为什么能"出淤泥而不染"？

生长在淤泥里的荷花为什么能"不染"呢？原来，荷叶和荷花都有"自净"功能。在显微镜下，荷叶表面有极细的绒毛，而荷花有很小的、凸起的、像小山一样的结构，能使雨水凝成滚动的水珠，把灰尘统统带走。

荷叶

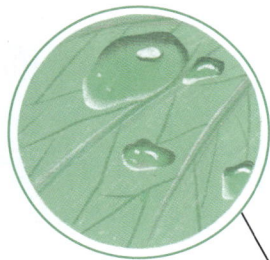

荷花叶柄中的孔道和莲藕的气腔，能让它在水中自由地呼吸。

莲藕的气腔

叶柄的气孔

科学加油站

● 荷花有两个好朋友——睡莲和王莲，它们都是水生植物，都有莲花状的花朵，你知道如何分辨它们吗？

● 荷花就是莲花，虽然是两个名字，但它们是同一种东西。荷花的叶子很大，成熟时挺立在水面上，跟亭亭玉立的荷花相互映衬，非常美丽。

荷花

● 睡莲跟荷花是远房亲戚，都属于睡莲科。跟挺立水面的荷叶不同，睡莲的叶子是漂浮在水面上的，圆形的叶子上还有V形的裂缝，很容易分辨。

睡莲

● 王莲长着巨大无比的叶子，叶子边缘上翘，像个大盘子一样。

王莲

竹石

[清] 郑燮

咬定青山不放松，
立根原在破岩中。
千磨万击还坚劲，
任尔东西南北风。

注 释

咬定：咬紧，比喻根扎得结实。

立根：扎根。

破岩：裂开的山岩，即岩石的缝隙。

千磨万击：指无数的磨难和打击。

坚劲：坚韧挺拔。

任：任凭，无论，不管。

尔：你。

译 文

竹子牢牢立在青山上，一点儿都不放松，
原来早已将根系深深地扎在了石缝中。
竹子经历了千百次的磨难和打击却依然坚挺不倒，
任凭东西南北风刮来。

诗词背后的故事

郑燮号理庵，又号板桥，人称"板桥先生"，江苏兴化人。郑板桥是"扬州八怪"之一，他的诗、书、画被世人称为"三绝"。由于生活穷困，郑板桥在三十岁之后开始客居扬州，以卖画为生，最擅长画兰、竹、石、松、菊等植物，他画竹五十余年，成就最为突出。

这是一首赞美岩竹顽强品质的题画诗，也是一首咏物诗，这首诗借物喻人，表面上是写竹，实际上是写人，写作者自己那种刚正不阿、坚强不屈的性格，决不向任何邪恶势力低头的高风傲骨。

竹子的一生

岩石中的竹子经过了无数次的磨难，依旧保持着英俊挺拔的身姿，而且从来不畏惧来自东西南北的狂风的击打。诗人郑燮不但写出了竹子的神韵和生命力，更是赞颂了竹子的品格。请你仔细观察竹子的形态，想一想竹子是树还是草。

1 竹子是树还是草？

俗语常说："草发成苑，树茂成林。"自古都有"竹林"的说法。竹子能长到20~30米高，看起来非常高大，木质很硬实，怎么看都是"树"的样子。所以竹子是树吗？

其实不是。我们都知道树木是有"年轮"的，每生长一年，树干就会变粗一圈，反观竹子，它却是空心的，多年的生长只能让它的秆茎高大而坚硬，却不能像树那样越长越粗，所以竹子其实是草，它属于多年生草本植物，跟树并没有关系。

树木的年轮

空心的竹子

竹笋

鞭根

鞭环

2 长势惊人的竹子

竹笋是竹子的地下茎萌发出的嫩芽，一场春雨过后，竹笋便铆足了劲儿钻出地面，过不了多久，它们就会长成一棵棵修长挺拔的竹子。竹子的生长速度非常快，每天可以生长30~120厘米，6周就能长到15米！竹子为什么能长这么快呢？这是因为竹笋里有非常多的竹节，当它生长时，每个竹节都能同时进行细胞分裂，如果一个竹节每天生长5厘米，那么20个竹节一天能生长多少厘米？100厘米！是不是很惊人！

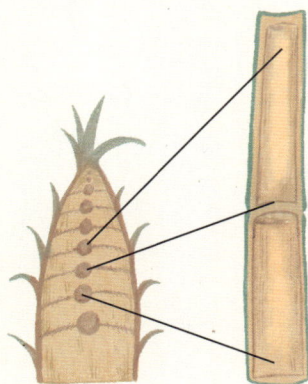

节间

节隔

秆环

箨环

竹笋纵切面　　秆茎纵切面

竹子花

3 竹子也会开花

大多数的竹子一生只开一次花，它将地下茎存储的养分全部用在开花上，等结出可以食用的竹米之后就会枯萎死亡。所以，竹子开花其实是竹子的死亡信号。

科学加油站

竹秆含有丰富的微量元素，竹叶和竹笋中则含有大量的蛋白质、糖和脂肪，大熊猫特别喜欢吃。

竹鞭

053

所见

［清］袁枚

牧童骑黄牛，

歌声振林樾。

意欲捕鸣蝉，

忽然闭口立。

注释

所见：所看见的。
振：回荡。
林樾：指道旁成荫的树。樾：树荫。
意欲：想要。
闭口：闭上嘴巴，不发出声音。

译文

牧童悠然地骑着黄牛，
嘹亮的歌声在林中回响。
他忽然想要捕捉树上鸣叫的蝉，
于是马上闭上嘴巴，一声不响地站立在树旁。

诗词背后的故事

　　袁枚是清代诗人、散文家。袁枚年少的时候就名气很大，他擅长写诗文，后来辞官，在南京买了一个大园子，将它改造成了别致的私人园林，并起名"随园"，他在园中卖诗文、教学生，生活得悠闲舒适。袁枚还是个美食家，他常常在园子里钻研美食，编写的《随园食单》详述了各种美食的做法，还常在园中宴请宾客，人们都以入随园品菜为荣。

　　这一天，袁枚走在路上，远远就听到嘹亮的歌声，走近一看，原来是一个放牛的孩子正骑着牛唱歌。忽然，歌声停住了，诗人好奇地望过去，原来他是想捉树上的蝉，实在太有趣了。

牛有四个胃

牛是哺乳动物。我们常见的黄牛、水牛和牦牛，以及不常见的非洲水牛和美洲野牛都是牛族的一员。

1 牛为什么会反刍？

为什么牛不吃草的时候嘴巴也在动，它在嚼什么东西？原来牛在嚼从胃里吐出来的草料，这种进食以后将半消化的食物从胃里返回到嘴里再次咀嚼的方式就叫反刍。那么牛为什么会反刍呢？

牛是草食性动物，牛吃草的时候要时刻警惕肉食动物的攻击，所以要先将草料囫囵地吞进胃里存起来，等到安全的时候，再从胃里吐出来慢慢咀嚼，被嚼细的草料就很容易消化吸收了。

你知道吗？除了牛之外，羊、鹿、骆驼等也是反刍动物，我们人类只有一个胃，它们却有四个胃！这四个胃分工合作，才能完成把食物消化吸收的任务。反刍动物先将草料吞进瘤胃，在瘤胃里发酵分解后，再经过网胃过滤返回嘴里再次咀嚼，最后吞进瓣胃和皱胃里，瓣胃先除去水分和电解质，后由皱胃分泌的胃酸将食物消化掉。

反刍动物的四腔胃

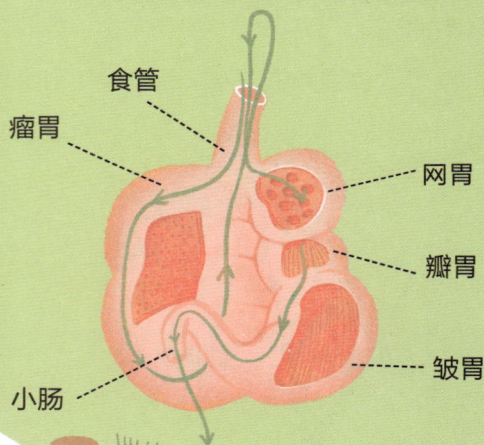

食管
瘤胃
网胃
瓣胃
皱胃
小肠

2 牛奶是怎样生产的?

你喜欢喝牛奶吗? 你知道牛奶是怎样到达我们手上的吗?

牛奶的生产流程

1. 挤奶
挤出来的原奶直接装进冷藏罐里储存。

2. 原奶运输
用保温的不锈钢奶槽车将原奶运往乳品厂。

3. 加工
乳品厂对原奶进行过滤、净化、灭菌和加工。

4. 灌装
把牛奶装进瓶、杯或是纸盒等包装里, 就可以运输到各个地方售卖了。

从原奶到成品奶, 我们生产的牛奶在每个环节都会进行检测, 不合格的牛奶绝对不能进入市场!

科学加油站

牛肉、牛奶和乳制品在我们的生活中越来越重要了, 现在地球上大约有 13 亿头家牛, 它们并不是自然地生活在草场中, 而是被人类饲养在牧场中。随着草料的减少, 人们只好砍伐林地来专门种植牧草和谷物饲料, 使生态受到了严重的破坏。

科学词典

生物

生物是指具有生命活力的物体。自然界中所有具有生长、发育、繁殖等能力的物体都可以叫作生物。包括动物、植物、真菌、细菌、病毒等，千姿百态，包罗万象。

动物

动物是生物的一个种类，通常根据体内有无脊柱分为无脊椎动物和脊椎动物两大种类。脊椎动物包括软骨鱼类动物、硬骨鱼类动物、两栖类动物、爬行类动物、鸟类动物以及哺乳类动物。无脊椎动物中多数是昆虫，另外，蚯蚓、水母、蜘蛛、蜗牛等也都属于无脊椎动物。

木本植物

木本植物的木质部发达，茎坚硬，多年生，寿命较长，我们把这一类植物统称为树。根据高度和分枝部位的区别，木本植物可分为乔木，如枫、杨等；灌木，如木槿、夹竹桃等；半灌木，如牡丹和某些蒿类植物。

草本植物

草本植物指茎干柔软、支持力弱的植物，常常被称作草。草本植物一般都比较矮小，寿命较短。一年生草本植物当年开花结果和枯死；二年生草本植物第一年生长，翌年开花结果后枯死；多年生草本植物的地下部分能活很多年，每年都发芽生长。

生物链

生物链是指在自然界中，由动物、植物和微生物互相提供食物而形成的相互依存的链条关系，也可以理解为自然界中的食物链，它形成了大自然中"一物降一物"的现象。比如绿色植物是草食动物的食物，草食动物是肉食动物的食物，一些肉食动物又是另一些肉食动物的食物，它们之间相互依赖共存亡。

气孔

气孔是植物表皮上一种特有的结构，存在于叶、茎及其他植物器官上。气孔对植物非常重要，不仅是蒸腾过程中水蒸气从体内排到体外的主要出口，也是光合作用和呼吸作用与外界气体交换的通道。气孔的大小可以随着外界环境的变化调节，它们在白天开放，晚上关闭（景天科植物除外）。

光合作用

绿色植物（包括藻类）利用太阳的光能，把二氧化碳和水合成有机物质，同时释放氧气的过程，我们称为光合作用。光合作用所产生的有机物主要是糖类，并释放出能量。一般来说，植物叶片的叶绿素含量越多，光合作用就越强，所以衰老枯萎的叶片的光合速率是很低的。

向光性

植物生长时为了获得更多的光照，会出现茎叶向着光照射的方向生长弯曲的现象，这就叫作向光性。植物为什么会有向光性呢？这是因为植物体内会产生一种奇妙的物质，叫生长素。生长素的分布受到光的影响：向光的一侧生长素浓度低，背光的一侧浓度高。向光的一侧生长区生长较慢，背光的一侧生长区生长较快，由此茎就产生了向光性弯曲。

授粉

被子植物要结成果实，必须经历授粉的过程。根据授粉对象的不同，可以分成自花授粉和异花授粉。花朵中成熟的花粉传到同一朵花的柱头上，并能正常地受精结实的过程，叫作自花传粉；而异花传粉则是一朵花的花粉传到另一朵花的雌蕊上进行受精结实的过程。在大自然中，蜜蜂、蝴蝶、鸟和风、雨等都是花朵的好帮手，能帮助它们进行传粉。

果实

果实是被子植物的雌蕊经过传粉受精，由子房或花的其他部分（如花托、花萼等）参与发育而成的器官，一般包括果皮和种子两部分，其中，果皮又可分为外果皮、中果皮和内果皮。种子起传播与繁殖的作用。

子房

子房是被子植物的一种器官，由胚珠和子房壁两部分构成，位于花雌蕊的下面，一般情况下是略为膨大的。当传粉受精后，子房发育成整个果实，里面的胚珠发育成种子，子房壁最后发育成果皮，包裹着种子。

叶绿素

叶绿素是植物进行光合作用的主要色素。不仅仅是植物，所有能进行光合作用的生物体都含有这一类绿色色素。叶绿素能让植物显现出绿色，它的种类有很多，例如叶绿素 a、叶绿素 b、叶绿素 c、叶绿素 d、叶绿素 f，以及原叶绿素和细菌叶绿素等。

类胡萝卜素

类胡萝卜素分为两类，一类是胡萝卜素，另一类是叶黄素，这两个色素的增多都会让植物呈现黄色。所以很多叶子到了秋天会变黄，就是叶绿素在秋天被逐步分解，类胡萝卜素含量增多导致的。

花青素

花青素是一种能溶于水的植物色素，存在于液泡内的细胞液中。花青素是构成花瓣和果实的主要色素之一，我们看到的水果、蔬菜、花卉上显现出来的五彩缤纷的颜色，大多都与花青素有关。前面所说的枫叶会变红，就是叶片中含有大量花青素的缘故。

昆虫

昆虫种类繁多，数量也非常多，几乎遍布世界的每一个角落。昆虫的身体分为头、胸、腹三部分，并有六条腿，而且大部分的昆虫都有两对翅膀和一对触角。想想看蜘蛛是昆虫吗？答案是否定的，蜘蛛有八条腿，它不属于昆虫哟。

口器

昆虫的口器主要有摄食和感觉的功能，昆虫纲的口器包括上唇一个，上颚一对，下颚一对，舌、下唇各一个。昆虫的口器类型一般有五种，分别是咀嚼式口器，如蟑螂、蚂蚁等；嚼吸式口器，如蜜蜂；刺吸式口器，如蚊子、虱子等；舐吸式口器，如苍蝇；虹吸式口器，如蝶、蛾等。

图书在版编目（CIP）数据

当诗词遇上科学．万物有灵／滔滔熊童书主编．－－
哈尔滨：黑龙江科学技术出版社，2023.6
ISBN 978-7-5719-1386-1

Ⅰ．①当… Ⅱ．①滔… Ⅲ．①古典诗歌－中国－少儿
读物②科学知识－少儿读物 Ⅳ．① I222 ② Z228.1

中国版本图书馆 CIP 数据核字 (2022) 第 082958 号

当 诗 词 遇 上 科 学 ．万 物 有 灵

DANG SHICI YUSHANG KEXUE . WANWU YOU LING

主　　编	滔滔熊童书
项目总监	薛方闻
责任编辑	刘杨
策　　划	深圳市金版文化发展股份有限公司
封面设计	深圳市金版文化发展股份有限公司
出　　版	黑龙江科学技术出版社
	地址：哈尔滨市南岗区公安街 70-2 号　邮编：150007
	电话：（0451）53642106　传真：（0451）53642143
	网址：www.lkcbs.cn
发　　行	全国新华书店
印　　刷	深圳市雅佳图印刷有限公司
开　　本	889 mm×1194 mm　1/16
印　　张	16
字　　数	320 千字
版　　次	2023 年 6 月第 1 版
印　　次	2023 年 6 月第 1 次印刷
书　　号	ISBN 978-7-5719-1386-1
定　　价	140.00 元（全 4 册）

当诗词遇上科学

天文地理

滔滔熊童书 主编

黑龙江科学技术出版社
HEILONGJIANG SCIENCE AND TECHNOLOGY PRESS

- 关于本书 -

本书收录了 13 首诗词。每首诗词均以 4 页篇幅介绍，前 2 页为"诗词赏析"，包含"注释""译文"和"诗词背后的故事"三个板块，诗词赏析搭配趣味插画，有助于读者学习和背诵诗词。后 2 页为"科学知识"，包含 2 ~ 4 个从诗词中挑选出来的科学知识点，为读者解释和说明，另有"科学加油站"板块，进一步对科学知识进行延伸，让读者在学习科学知识的同时，更深一层地了解和学习诗词。

诗词赏析

诗词
精选适合主题的诗词，引导读者阅读。

注释
对诗词中较难理解的字词进行解释。

译文
以浅显易懂的语言，阐明诗词意义。

望洞庭

[唐] 刘禹锡

湖光秋月两相和，
潭面无风镜未磨。
遥望洞庭山水翠，
白银盘里一青螺。

译文

秋夜，洞庭湖上的月色和湖光又融在一起，湖面风平浪静，像没打磨过的铜镜一样。远远望去，洞庭湖中苍翠的君山，就像是白银盘里的一枚小小的青螺。

注释

洞庭：洞庭湖，位于湖南北部。
和：和谐，形容湖光与月色融为一体。
潭：指洞庭湖。
镜未磨：没有打磨过的铜镜。
青螺：绿色的螺，这里指洞庭湖中的君山。

诗词背后的故事

刘禹锡，字梦得，唐代诗人。这首诗是公元 824 年刘禹锡转任和州的路上，经过洞庭湖时所作。诗人通过丰富的想象和巧妙的比喻，生动地描绘出洞庭湖水宁静、祥和的朦胧美，勾画出一幅美丽的洞庭山水图，表达了诗人对大自然的热爱。北宋文学家范仲淹在《岳阳楼记》中形容洞庭湖"衔远山，吞长江，浩浩汤汤，横无际涯"。

插画
精美插画贴近诗词意境，趣味性强，有助于理解诗作。

诗词背后的故事
对诗词的创作背景和作者写作时的心境做进一步说明。

科学知识

科学词典
对主题科学中涉及的科学词语进行解释，帮助读者深入阅读。

温泉
温泉的形成与火山有关，火山爆发时会喷出许多岩浆，部分岩浆会因为某些原因停留在半路，并且是接近地表的区域，这些岩浆会往地层里慢慢散热，使得附近的地下水温度升高，被加热成为热水，这些热水沿着地下的裂缝上升，最终源源不断地涌出地表，形成温泉。

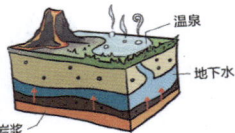

温泉 · 地下水 · 岩浆

钱塘江大潮
钱塘江大潮和亚马孙大潮、恒河大潮并称为"世界三大潮汐"。受天文、地形的影响，每年农历八月十八日，东海潮波进入杭州湾，银浪翻滚，鸣声如雷，潮江而上，奔流200千米，钱塘江大潮有着"天下第一潮"之誉。

主题科学
趣味科学知识点搭配精美插画，进行主题探究。

科学知识
挑选2～4个科学知识点展开介绍，有趣又有料。

洞庭湖

洞庭湖古时被称作"云梦泽""九江"，有"八百里洞庭"之称。八百里指概估算面积约为1万平方千米，而现在的洞庭湖面积约为2820平方千米，由此可见，洞庭湖经历了一个由大变小的过程，但洞庭湖仍是中国第二大淡水湖，位居第一的是鄱阳湖。

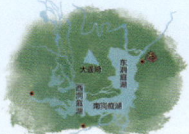

1 地理位置
洞庭湖位于湖南省北部，可分为东洞庭湖、南洞庭湖和西洞庭湖三部分，完整地说话可以加上大通湖。整个洞庭湖区有许多小支流，最后都在岳阳汇入长江。

2 洞庭湖的成因
洞庭湖属于湖泊盆地，其成因是白垩纪晚期开始的一系列地壳变动，地壳运动使当时的地形经历造山运动的抬升，中央又因断层陷落落而形成洼地。

君山岛是洞庭湖中的一个小岛，与岳阳楼遥遥相对，是国家5A级风景名胜区，著名景点有柳毅井、湘妃祠、洞庭庙、飞来钟、龙涎井、君山名树。

3 洞庭湖的"调蓄"作用
洞庭湖是长江流域重要的调蓄湖泊，具有强大的蓄洪能力，曾使长江无数次的洪患化险为夷。汛期时，湖泊可以帮助江河储存大量洪水，从而降低江河的水位；枯水期时，湖泊内储存的水可以流入江河，从而补充江河的水源。

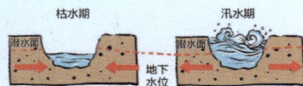

枯水期 · 汛水期 · 蓄水层 · 地下水位

4 候鸟的天堂
东洞庭湖蓬地是国家级自然保护区，每年有成千上万只候鸟在这里越冬，白鹤、灰鹤、小天鹅、白鹭、白琵鹭、白额雁等珍稀鸟类在这里也能看到，这里俨然已成为候鸟的天堂。

白鹤 · 白琵鹭 · 白额雁

科学加油站

岳阳楼位于湖南省岳阳市，因范仲淹所作《岳阳楼记》而闻名于世，自古有"洞庭天下水，岳阳天下楼"的美誉。其与湖北武汉黄鹤楼、江西南昌滕王阁并称为"江南三大名楼"，是古代文人常用来吟诗作词的对象。

岳阳楼 · 黄鹤楼 · 滕王阁

语言
采用生动活泼、通俗易懂的语言，为读者分析知识点。

科学加油站
主题科学知识的深入和延伸，助力读者拓展知识。

目录

北

南

登鹳雀楼

〔唐〕王之涣

白日依山尽，
黄河入海流。
欲穷千里目，
更上一层楼。

鹳雀楼：故址在今山西永济西边的黄河东岸。

白日：太阳。

依：依傍。

穷：尽，完。

更：再。

译 文

太阳依傍着山峦缓缓落下，
汹涌的黄河向着大海奔流。
如果想看到更远处的风景，
那就要登上更高的一层楼。

诗词背后的故事

　　王之涣，字季凌，是盛唐时期著名的边塞诗人。在这首诗中，诗人用词朴实，但意境深远。诗的前两句，短短十个字，展现诗人登楼所见之景，画面宽广辽远，气势雄浑。诗中的"白日"指太阳，诗人用"白日"形容太阳对吗？我们看到的太阳不是红色或橙色的吗？接下来我们一起去考证考证吧！

太阳光的颜色

如果去问国际空间站的宇航员们太阳是什么颜色，他们会非常坚定地告诉你，太阳是白色的！对，不是红色，不是橙色，而是白色。是不是很神奇？看来诗中"白日"的形容还真的非常准确呢。

从太空中看太阳，因为太阳发出的光没有经过地球大气层的散射，所以宇航员能看到太阳真实的颜色。

1 太阳光到底是红色、橙色还是白色的？

太阳散发出来的光是白色的，白色是所有频率的可见光的总和。所以太阳光并不是单一颜色的光线，而是由多种色光混合而成的。用一块三棱镜，就可以将阳光分解成完整的光谱颜色：红、橙、黄、绿、蓝、靛、紫，也就是这七种颜色组成了彩虹的色彩。

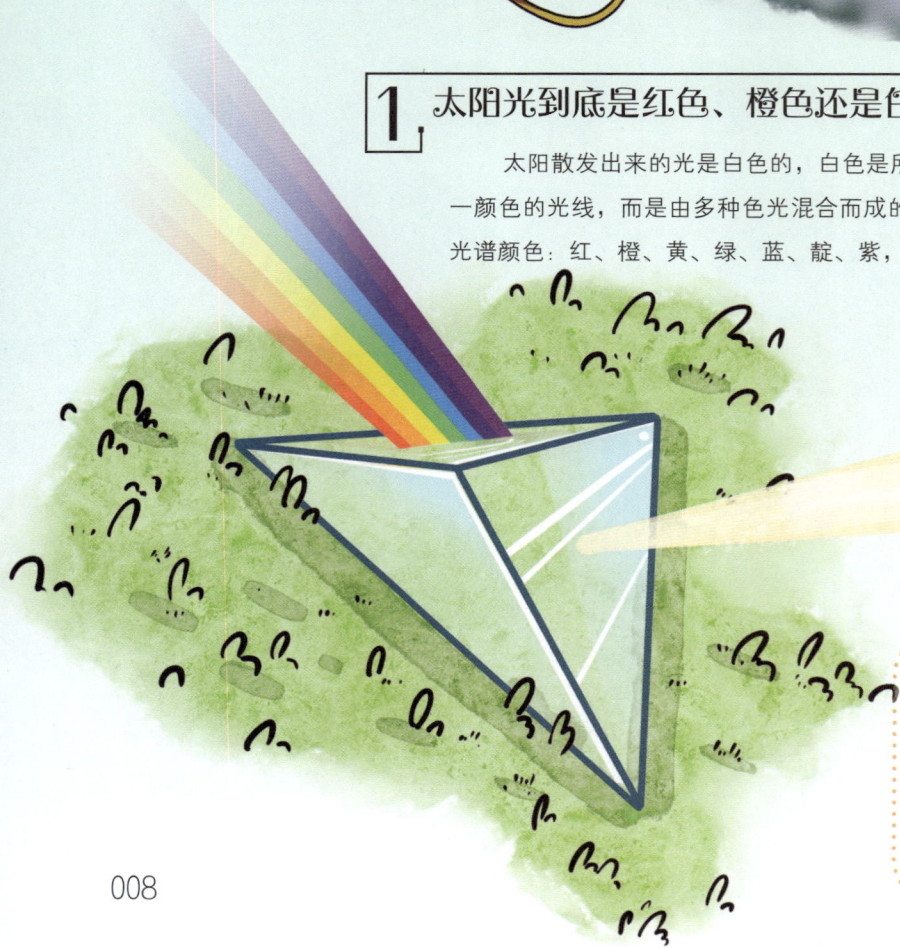

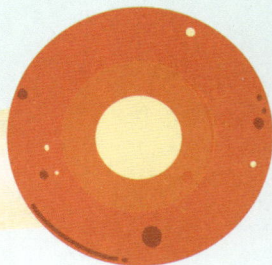

太阳

早晨和傍晚的时候，太阳光是斜射进入大气层的，波长较短的紫光、蓝光在进入大气层后几乎全部被散射掉了，只留下波长较长、透射力强的红光和橙光，所以此时我们看到的太阳光偏红色，而且越靠近地平线越红。

可见光

我们看到的光由各种不同波长的电磁波组成，一般人的眼睛可以感知的电磁波波长在 400~760 纳米之间。可见光分为红、橙、黄、绿、蓝、靛、紫七种颜色，其中红光的波长最长，紫光的波长最短。红外线、紫外线、γ 射线、X 光等是"不可见光"，如果不借用设备，用肉眼是无法看见的。

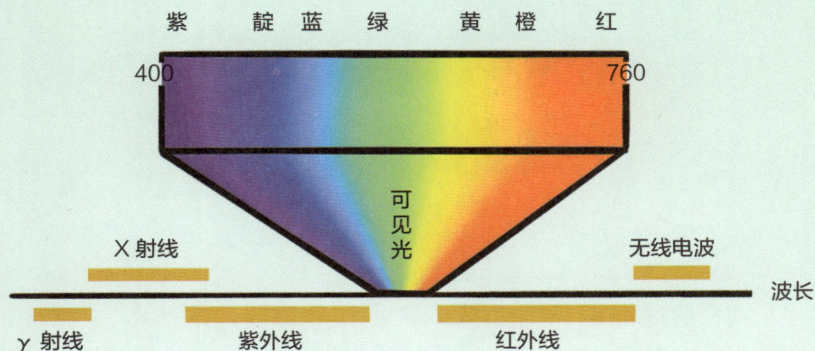

2 早晨、中午和傍晚的太阳，颜色各不相同

中午的时候，太阳光是直射照进大气层的，距离短，穿过的大气层也更薄一些，所有颜色的光被散射的程度变小，所以太阳光看上去就是白色的。

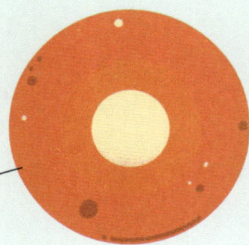

太阳

所在地

地球

大气层

● 光的色散：光的色散指的是复色光分解为单色光的现象。牛顿在 1666 年最先利用三棱镜观察到光的色散，把白光分解为彩色光带（光谱）。肥皂泡在阳光下形成的彩色条纹，也是一种光的色散。

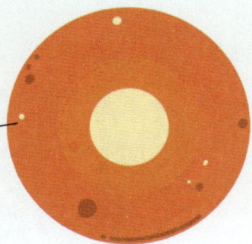

所在地

大气层

地球

太阳

暮江吟

[唐] 白居易

一道残阳铺水中，
半江瑟瑟半江红。
可怜九月初三夜，
露似真珠月似弓。

注释

残阳：夕阳的余晖，晚霞。
瑟瑟：形容未染上霞光的水面呈现出碧绿色。
可怜：可爱。
真珠：珍珠。
月似弓：上弦月弯弯的，好似一张弓。

译文

一道夕阳的余晖铺在江面上，
江水一半呈现出碧绿色，一半被霞光染成了红色。
最可爱的是那九月初三的夜晚，
露水似珍珠，天上新月好似一张弯弓。

　　白居易，字乐天，号香山居士，是唐代有名的现实主义诗人，非常擅长写景。这首诗用生动的语言描绘了新月初升的夜景，与他当时的心情非常相称，白居易写这首诗时刚离开朝廷，在赴杭州任刺史的途中，心情分外轻松，看着清亮的露珠也觉得像一颗颗晶莹绝美的珍珠，一轮弯月也变得有趣，像一张弯弓一样悬挂在夜空之中。白居易描写月亮用词唯美、微妙，也写出了九月初三这天月相的变化。

不断变化的月相

我们常常在夜空中看到月亮，它的形状始终在变化，有时看上去像一条弯弯的眉毛，有时又像一个圆圆的盘子，这是为什么呢？

1 地球的好邻居——月球

月亮又叫"月球"，是距离地球最近的天体，月球本身不发光，我们能看到它是因为它反射太阳的光。月球是地球的卫星，围绕地球公转一周大约需要 1 个月。在月球围绕地球公转时，月球的位置在不断发生变化，因此被太阳照射的位置也在不断发生变化，所以我们看到的月亮形状也就不同。

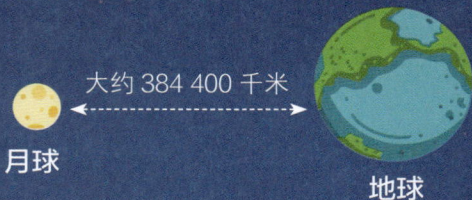

大约 384 400 千米

月球

地球

月球直径是地球的 1/4
质量是地球的 1/81
体积是地球的 1/50
重力是地球的 1/6

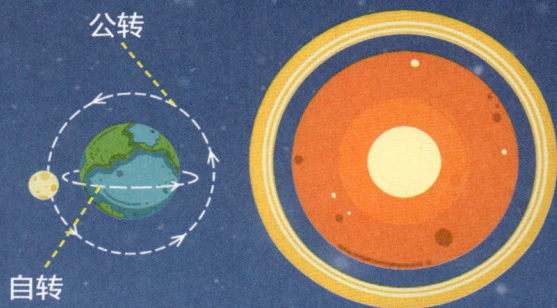

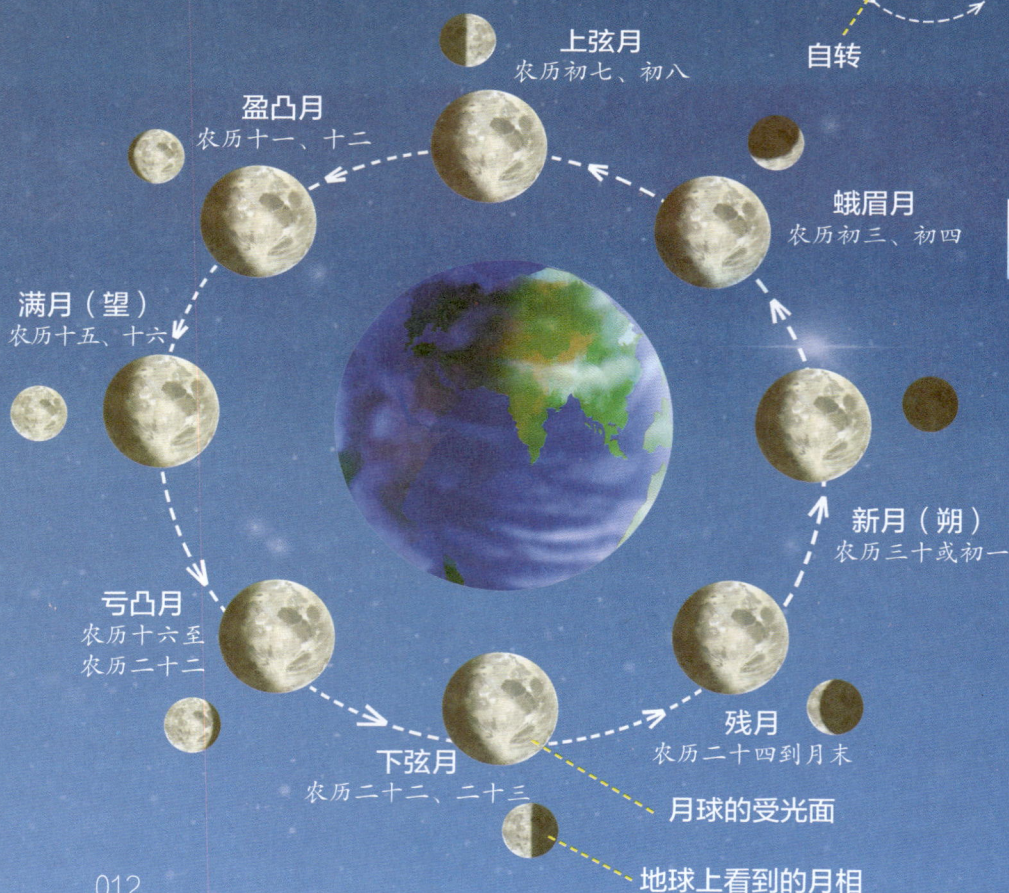

公转

自转

上弦月
农历初七、初八

盈凸月
农历十一、十二

蛾眉月
农历初三、初四

2 月相变化有规律

"月相"是指我们从地球上看到的月球的样子，月相的变化是由太阳、地球、月球三者之间的位置决定的。

当地球位于月球和太阳之间时，我们可以看到月球整个被太阳照射的部分，这时的月亮看起来圆圆的，叫"满月"，也叫"望"。

当月球位于地球和太阳之间时，月球面向地球的一面是不被太阳照射的部分，这时我们会看到细细的弯弯的月亮，称为"新月"，也叫"朔"。

满月（望）
农历十五、十六

新月（朔）
农历三十或初一

亏凸月
农历十六至
农历二十二

下弦月
农历二十二、二十三

残月
农历二十四到月末

月球的受光面

地球上看到的月相

月相变化的周期是从"朔"再到"朔"，或从"望"再到"望"，时间刚好是农历的一个月。

上半月，月相的亮面逐渐变大，直到满月，亮面在右侧；下半月，月相的亮面逐渐变小，直到新月，亮面在左侧。

2021 年 10 月的月相变化示意图

星期一	星期二	星期三	星期四	星期五	星期六	星期日
				1	2	3
4	5	6	7	8	9	10
11	12	13	14	15	16	17
18	19	20	21	22	23	24
25	26	27	28	29	30	31

3 太阳与"天狗食日"

当月球运行到地球和太阳之间，如果三者正好在一条直线上时，月球挡住了太阳射向地球的光线，就会发生"日全食"现象，民间称这种现象为"天狗食日"。

太阳是离地球最近的恒星，这颗庞大的气态火球已经超过 45 亿岁了，还不停向外散发着光和热。

这是太阳的中心区域，非常热，是太阳产生光和热的地方。

核心

辐射层

对流层

日全食

如果你正巧在这个阴影区域（月球本影），就能看到传说中的日全食。

该区域约占太阳体积的一半，核心产生的能量通过这个区域以辐射的方式向外传输。

这个区域的厚度约十几万千米，这里的温度、压力和密度梯度都很大，太阳气体呈对流的不稳定状态。太阳内部能量就是靠物质的这种对流，由内部向外部传输的。

科学加油站

● 我们通过天文望远镜可以清楚地看到月球表面坑坑洼洼、奶酪状的陨石坑，它们是因为陨石的撞击形成的。由于月球上没有风化作用，所以这些陨石坑可以保存数十亿年。

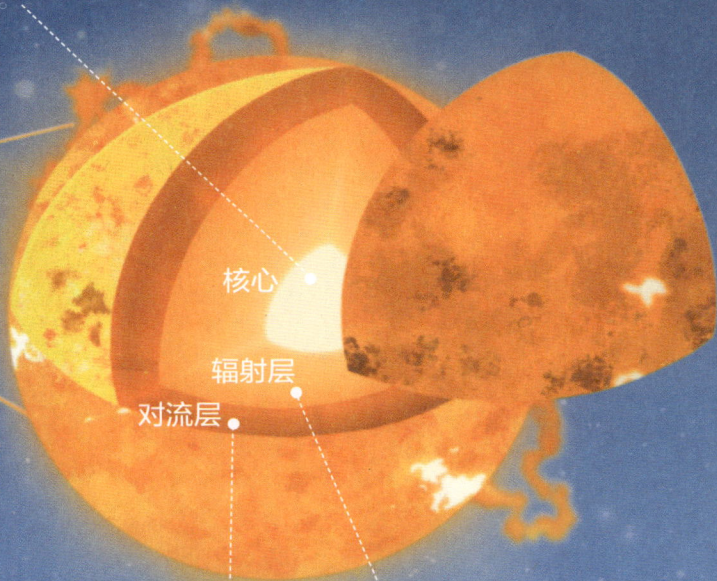

迢迢牵牛星

[汉] 佚名

迢迢牵牛星，皎皎河汉女。

纤纤擢素手，札札弄机杼。

终日不成章，泣涕零如雨。

河汉清且浅，相去复几许。

盈盈一水间，脉脉不得语。

注 释

迢迢牵牛星：选自《古诗十九首》。

河汉女：指织女星。

擢：伸出。

素：白皙。

札札：拟声词，形容织布机发出的响声。

机杼：织布机。

章：有花纹的纺织品，这里指整幅的布。

盈盈：清澈的样子。

间：间隔。

脉脉：默默地用眼神表达情意的样子。

译 文

明亮的牵牛星与织女星，相隔遥远。
织女伸出纤纤玉手，抚弄着织布机。
织一整天都织不出一幅完整的布，
她因为思念丈夫牛郎而泪如雨下。
银河又清又浅，相隔又多遥远呢？
隔着清澈的银河，他们深情对望难言语。

诗词背后的故事

诗人借用牛郎织女被银河相隔而不得相见的神话故事，展开丰富的想象，借写织女有情思亲、无心织布、隔河落泪、对水兴叹的心态，来比喻妇人对远在一方的丈夫的相思之情。迢迢、皎皎、纤纤、札札、盈盈、脉脉这些重叠词语的应用，增强了诗歌的音乐之美。诗中的"牵牛星"指的是"牛郎星"，"河汉女"指的是"织女星"。

星光璀璨的银河

在夏季晴朗的夜空，总看到一条明亮的光带，光带里星光闪耀，十分美丽，这就是"银河"。从古至今，这条美丽而神秘的银河引发了许多动人的传说故事。

1 关于银河的诗歌

银河在古代又称天河、银汉、星河、云汉，很多古诗文中都能找到它的踪迹。

★ 银河：飞流直下三千尺，疑是银河落九天。——[唐]李白《望庐山瀑布》

★ 天河：天河夜转漂回星，银浦流云学水声。——[唐]李贺《天上谣》

★ 星汉：星汉灿烂，若出其里。——[汉]曹操《观沧海》

★ 云汉：永结无情游，相期邈云汉。——[唐]李白《月下独酌》

2 银河与七夕

农历的七月初七是中国传统节日里的"七夕节"，在七夕的传说故事里，牛郎和织女被分隔在银河的左右两边，只有在每年农历七月初七这天，才能通过喜鹊架起的鹊桥相会。"七夕节"被誉为"中国情人节"，被收入第一批国家级非物质文化遗产名录。

3 银河与银河系

银河并不是银河系，而是银河系的一部分。银河系拥有各类恒星 1000 亿颗以上，太阳也是其中的一颗。我们所生活的地球也在银河系中，属于以太阳为中心的太阳系。太阳系包含地球在内，一共有八大行星，分别是水星、金星、地球、火星、木星、土星、天王星、海王星。

金星　　火星　　　　土星　　海王星

水星　　地球　　　　木星　　天王星

太阳

银河系自内向外分别由银心、银核、银盘、银晕和银冕组成。

银河系结构图

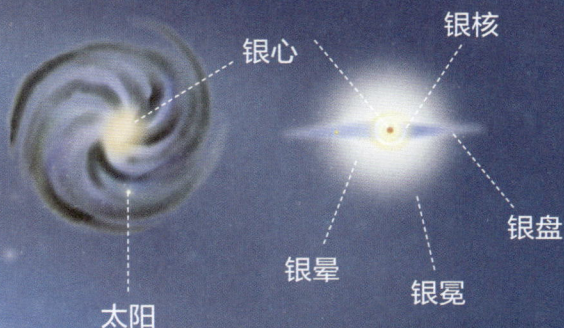

- 银心
- 银核
- 银晕
- 太阳
- 银冕
- 银盘

银河由许许多多的恒星聚集而成，这些恒星由于离地球很远很远，我们用眼睛分辨不清，就把银河看成了一条明亮的光带。从地球上看过去，因为是从盘状结构的内部向外观看，所以我们看到的银河只是银河的侧面。

牛郎星

天鹰座

4 银河与牛郎星、织女星

牛郎星又名"河鼓二"，位于银河的东南边，是天鹰座中最亮的恒星，与天鹰座 β 星（河鼓一）、天鹰座 γ 星（河鼓三）的连线正指向织女星。

牛郎星比太阳更热更年轻，直径约是太阳的 2 倍。牛郎星的自转速度是太阳自转速度的 60 倍，所以牛郎星不像太阳是近乎标准的圆球形，而是扁扁的椭球形。

织女星位于银河的西北边，是天琴座中最明亮的恒星，距离地球约 26.3 光年，它是除太阳之外第一颗有光谱记录的恒星。织女星的自转速度也很快，所以织女星也是扁扁的。

织女星在夜空中亮度排名第五，是北半球第二明亮的恒星，仅次于大角星。织女星的年龄只有太阳的十分之一，质量却是太阳的 2.1 倍，所以它的预期寿命也只有太阳的十分之一。

天琴座

织女星

科学加油站

● 如果我们身处北半球，在夏季，不需要借助望远镜就能看到天鹰座的牛郎星和天琴座的织女星，这两颗星和天鹅座的天津四，组成了著名的"夏季大三角"。即使在大城市里，只要避开强烈的灯光干扰，也能看到这个明显的几何图形。

天鹅座

天鹰座

天琴座

哥舒歌

〔唐〕无名氏

北斗七星高，

哥舒夜带刀。

至今窥牧马，

不敢过临洮。

注 释

哥舒：即哥舒翰，突厥族人，是唐玄宗的名将，
因大破吐蕃军屡立战功。
窥：窥探。
临洮：在今甘肃省洮河边的岷县。

译 文

北斗七星高挂在夜空中，
哥舒翰披星戴月腰挂宝刀。
吐蕃族至今牧马只敢远望，
再不敢前进一步越过临洮。

　　这首诗写于唐玄宗天宝十二载（753 年），当时哥舒翰领兵大破突厥，西域边境人民为歌颂哥舒翰的战功而创作了这首诗。诗中用高挂在夜空中的北斗七星比喻哥舒翰的功高，塑造了一个威震一方的戍边将领形象，也表达了边境百姓对哥舒翰的敬仰之情。由此可见，那个时候的人们就已经认识北斗七星了。

北斗七星

北斗七星是北半球天空的重要星象，因为这七颗星排列起来的形状像古人舀酒的勺子，因此我国古代的先民就称它们为"北斗七星"。我国对北斗七星的观察记录，最早最完整的要数《汉代·纬书》。

1. 有故事的北斗七星

"北斗七星"由摇光、开阳、玉衡、天权、天玑、天璇、天枢七颗发光的恒星组成。七颗星中，"玉衡"最亮，"天权"最暗。星的明暗可以用星等来表示，星等数越小，说明星越亮。星等数每相差 1，星的亮度大约相差 2.5 倍。北斗七星中有 6 颗是 2 等星，1 颗是 3 等星。

开阳　　　　　　　天权　　　　　　天枢

玉衡

摇光　　　　　　　　　　　　　　　天璇

天玑

北斗七星不是一个单独的星座，它是大熊座的一部分，就位于大熊的尾巴上。

天鹅座

仙王座

小熊座

天龙座

武仙座

大熊座

猎犬座

后发座

2. 北斗七星与四季

季节不同，北斗星在夜空中的位置也不同，因此，我国古代先民就根据北斗七星的变化来确定季节。古籍《鹖冠子》记载："斗柄东指，天下皆春；斗柄南指，天下皆夏；斗柄西指，天下皆秋；斗柄北指，天下皆冬。"

春季

夏季

秋季

冬季

3. 北斗七星与北极星

从北斗七星的"天璇"通过"天枢"向外延伸一条直线，大约延长5倍，就可见到一颗和北斗七星差不多亮的星星，这就是"北极星"。北极星又称"小熊座 α 星""勾陈一"，是一个三合星系统，主星北极星 A 的质量是太阳的6倍，如果将它和太阳放在一起，亮度是太阳的2000倍。

北极星

天枢

天璇

北斗七星"钟"

北斗以北极星为中心转动，1小时转15°，24小时转一周，即一天，宛如一个北天的大钟表，不过是24小时制，只有时针，没有秒针，而且运转的方向与普通钟表正相反。

鹿豹座

山猫座

狮子座

科学加油站

● 北极星离北天极很近，几乎正对着地球的自转轴，从地球北半球上看，北极星在天空中的位置几乎不变，所以人们可以靠它来辨别方向。先找到北极星，然后面朝北极星平举双臂，右手指向的方向就是东方，左手指向的方向就是西方，北极星所在的方向是北方，其反方向则是南方。

北

西

东

南

六月二十七日望湖楼醉书

［宋］苏轼

黑云翻墨未遮山，
白雨跳珠乱入船。
卷地风来忽吹散，
望湖楼下水如天。

望湖楼：又名看经楼，位于杭州西湖边。

醉书：带着醉意写作。

翻墨：打翻的墨汁，形容云很黑。

跳珠：跳动的水珠。

译 文

翻涌的乌云像被打翻的墨汁，

还未将青山完全遮住，

白色的雨点就落了下来，

如跳动的珍珠，飞溅到船上。

忽然，狂风卷地而来将乌云吹散，

望湖楼下，水清波平，碧如蓝天。

诗词背后的故事

这首诗是北宋文豪苏轼所作。苏轼因与王安石政见不合，被贬官外放，生性豁达的他却也乐享山色美景。六月二十七日这天，他坐船游览西湖，船来到望湖楼下，遇到一场骤雨，于是他写下了这首七言绝句。诗歌写出了骤雨来得快、去得也快的特点，用"跳珠"形容雨势滂沱，用"翻墨"写出乌云的气势和颜色，可见诗人文字功底深厚。

变幻莫测的云

晴天时的朵朵白云在蓝天的衬托下非常可爱,看上去软软的,像棉花糖一样让人想咬上一口。快下雨时的云则变得乌黑乌黑的,而且乌云也分很多种,有满布天空的层状云,孤立的积状云,层层叠叠的波状云,等等。

降

凝结

太阳照射

运输

1. 云的成因

蒸发

① 河流、湖泊、海洋中的水,在太阳的照射下蒸发,形成水蒸气,飘散在空气中。

② 空气中飘浮的水蒸气会慢慢上升到高空,水蒸气遇冷后会附着在空气中的微小粒子上,凝结成小水滴,小水滴越来越多,就会形成云。

③ 这些小水滴非常微小,受到的重力小于空气中的上升气流与浮力,所以云能飘浮在空中。

④ 当云层越积越厚,小水滴就会凝结成大水滴,受到的重力也越来越大,最后超过浮力时,水滴就会落下,形成雨。

⑤ 如果天气比较冷,小水滴在 0℃ 以下凝固成冰晶,就会形成雪。

水蒸气遇冷形成的小水滴非常小,大约 100 万个小水滴才能合成一个雨滴。

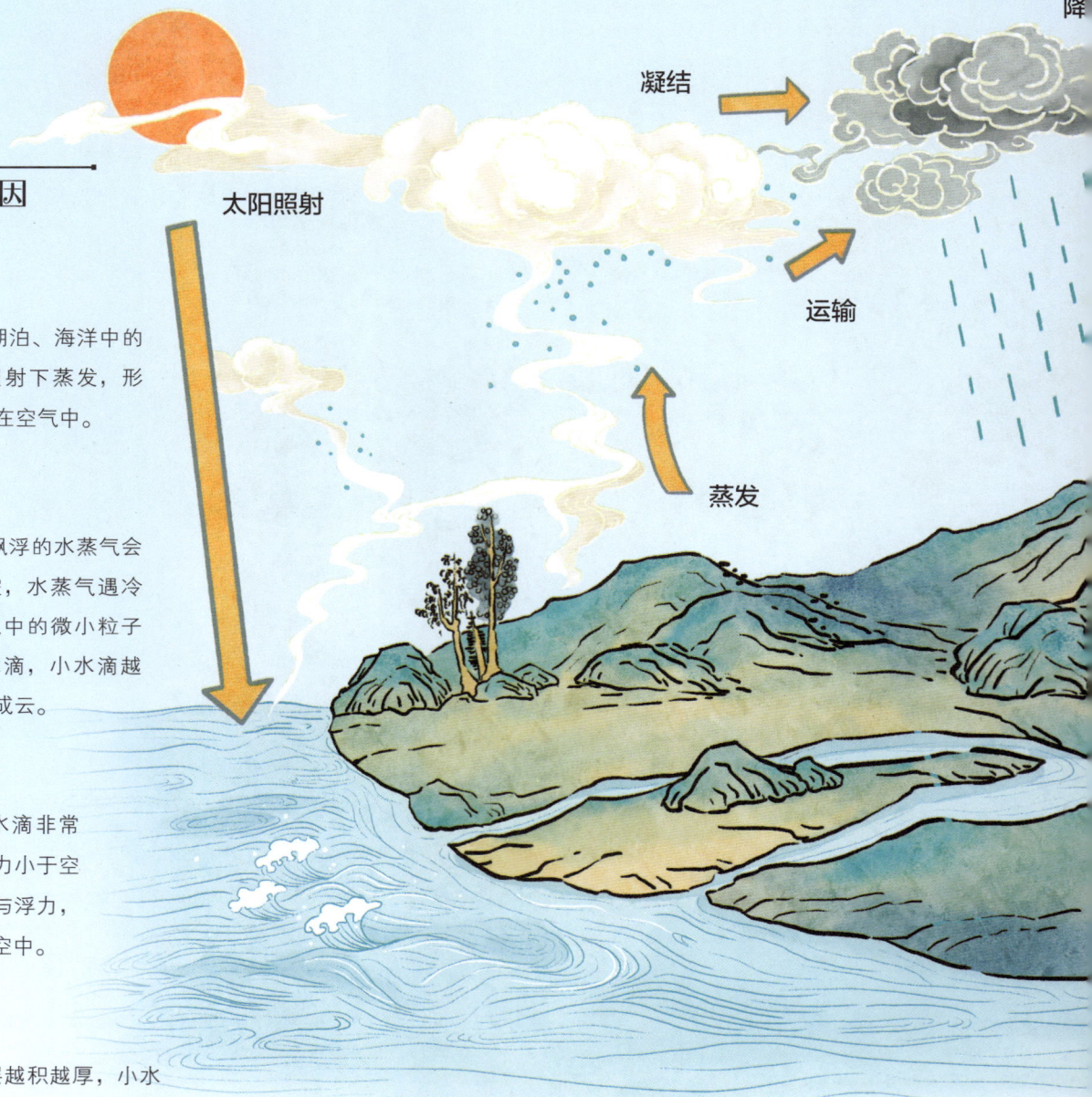

2 云的颜色

天气晴朗时，云是白色的；要下雨时，云是乌黑乌黑的；夕阳西下时，云是橘红色的。这是为什么呢？

降雪

① 天气晴朗时空气中的水蒸气比较稀少，云层通常都很薄，光线穿透云层照进小水滴内后，再从四面八方折射出去，所以此时看到的云会比较白而亮。

② 当空气中的湿度逐渐增大，达到一定的数量后，小水滴在云层里密密麻麻地挤在一起，云层变得很厚，太阳光比较难穿透，光线也被挡住了，所以这时的云看起来颜色比较深，乌云就更黑了。

③ 日出和日落时，太阳光斜射需要穿过很厚的大气层，蓝色短光波大量被散射，光线穿透到大气层下层时，红色和橙色的长光波占大多数，所以此时看到的云是红色或橘红色的。

科学加油站

各种各样的云

卷积云
又叫鱼鳞云，一般出现这种云之后会下雨。

层积云
常排列成群或行，呈灰色，是比较常见的一种云。

积雨云
又叫雷暴云，常产生阵雨、雷暴、闪电等。

乱层云
是一种雨层云，颜色灰暗，这种乌云出现后可能会下雨。

积云
看上去像棉花团，一般出现在晴天。

卷云
分离散开处呈白色细丝状，是对流层中最高的云。

夜雨寄北

〔唐〕李商隐

君问归期未有期，

巴山夜雨涨秋池。

何当共剪西窗烛，

却话巴山夜雨时。

注释

君：对对方的尊称，等同于"您"。

归期：指回家的日期。

巴山：指大巴山，在陕西南部和四川东北交界处，这里泛指巴蜀一带。

剪西窗烛：剪烛，剪去燃焦的烛芯，使烛光明亮。

却话：回头说，追述。

译文

你问我回家的日子，我还尚未能定下归期，
今晚巴山下着大雨，雨水涨满秋天的池塘。
何时你我才能重新聚首，共剪西窗的烛花，
再同你诉说今夜的秋雨和我孤独的情思。

　　《夜雨寄北》这首诗是晚唐诗人李商隐身居异乡巴蜀，写给远在长安的妻子（或友人）的一首抒情七言绝句，因为长安在巴蜀之北，故题作《夜雨寄北》。诗人通过"巴山夜雨"，将现在的实景与未来的虚景结合起来，寄托的情思深沉，而措辞却很委婉，语浅情深。那么"巴山夜雨"是怎么形成的呢？不妨接着往后看。

不同成因的降雨

降雨是一种常见的自然现象，雨的形态各具特色，有毛毛细雨、连绵的阴雨、倾盆而下的阵雨等。形成降雨的原因也多种多样，根据不同的成因，可以把降雨分为对流雨、地形雨、锋面雨和台风雨。

1 对流雨

对流雨是指大气对流运动形成的降雨。接近地面的空气受热上升，水汽遇冷凝结，从而形成对流雨。这种降水的特点是范围小、强度大、分布不均匀、持续时间短、随时间变化迅速。对流雨来临时往往伴随着大风，空气对流也使得云中的小颗粒带电，所以还有可能形成雷电。

上升冷却

2 地形雨

当湿润的气流遇到山脉等高地的阻挡而被迫抬升，从而引起的降雨称为地形雨。地形雨在山的迎风坡降水多，背风坡降水少。这是因为湿润气流在山前被迫抬升，空气中的水汽在高处遇冷凝结，形成降水之后，空气中所含的水汽减少了，翻越过山头后很少能再次形成降水。

下沉增温　　　　　　上升冷却

背风坡　　　　　　迎风坡

诗中的巴山夜雨就是对流雨！

巴山地处四川盆地，四周高山环绕、气流不畅，终年云多雾重。白天，云雾削弱了太阳辐射，近地面气温不易升高，对流不易形成。到了夜晚，山上没有云层阻挡，热量很快散失，变冷的空气沿着山坡下沉，将盆地中的暖空气抬升，逐渐形成降雨条件。夜间云体也在散热，不过由于其底部可以吸收来自地面的热量，相对上部来说比较温暖，因此容易引起空气对流，从而形成对流雨。

3. 锋面雨

锋面雨是锋面活动时，暖空气上升，空气中的水汽遇冷凝结而形成的降雨。锋面雨的范围常常沿着锋线形成带状的降水区域，有些锋面雨的持续时间较长，一旦下起来，就是"淫雨霏霏，连月不开"。江南梅雨和华西秋雨都是典型的锋面雨。

4. 台风雨

台风雨是台风活动带来的降雨。台风从海上来，携带着大量水汽，其内部的上升运动强烈，降水量很大，往往形成暴雨。我国东南沿海是台风登陆的主要地区，由台风形成的降雨也是这些地区夏季降水的主要来源。

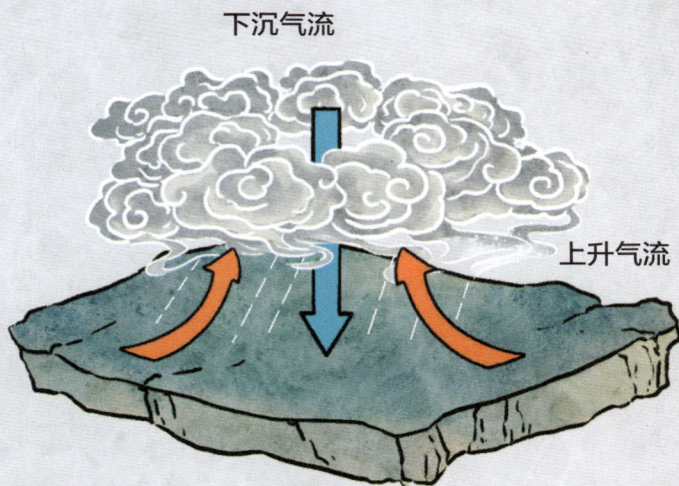

冷空气　暖空气

下沉气流　上升气流

科学加油站

● **为什么冷空气会下沉，暖空气会上升？**

空气分子由引力凝聚在一起。冷空气含有的能量极少，因此空气分子无法对抗引力，只能被引力吸在一起。暖空气中，空气分子吸收了热量，变得活跃，它们不停地向外扩张，占领了更大的空间。因此，同样大小的空间内，暖空气中的空气分子比冷空气中的少，所以冷空气更重，容易往下沉，暖空气更轻，容易往上升。

紧凑的冷空气分子　　分散的暖空气分子

望庐山瀑布

[唐] 李白

日照香炉生紫烟，
遥看瀑布挂前川。
飞流直下三千尺，
疑是银河落九天。

注释

香炉：指庐山香炉峰。
川：河流，这里指瀑布。
三千尺：虚指，形容山高。
银河：夜空中的带状星群。
九天：九重天，指天空最高处。

在阳光的照射下香炉峰腾起紫色烟云，
远远看去瀑布就像一条长河挂在山前。
流水从几千尺高的山顶倾泻而下，
就像是银河从天上泻落到了人间。

诗词背后的故事

这首诗是诗人李白游庐山时写下的，大胆的想象，夸张的手法，让苏东坡发出"帝遣银河一脉垂，古来唯有谪仙词"的赞叹。庐山瀑布在江西省九江市，是我国最秀丽的十大瀑布之一。庐山瀑布并不是指一个瀑布，而是一个瀑布群。

壮观的庐山瀑布

庐山位于江西省九江市，以雄、奇、险、秀闻名于世，水流经过河谷，形成许多急流与瀑布，瀑布是庐山的一大奇观。庐山瀑布是由三叠泉瀑布、开先瀑布、石门涧瀑布、黄龙潭和秀峰瀑布等组成的瀑布群。

1. 瀑布的成因

瀑布是从山崖或河床等高处降落到低处的水流，所以瀑布又叫跌水。瀑布是由地球的内力作用和外力作用形成的，内力作用包括断层、地表抬升、火山喷发等，外力作用有河流的侵蚀等。

断层瀑布

断层即地壳发生断裂，形成高低落差，河流经过形成瀑布。著名的黄河壶口瀑布就是这样形成的。

高原瀑布

高原瀑布是由于高原隆起地表抬升，从而形成地表的高低落差，有流水经过时就形成了瀑布。

火山堰塞型瀑布

火山喷发的岩浆堵住河道，与下游有了落差形成瀑布，黑龙江牡丹江上的吊水楼瀑布是我国最大的火山堰塞型瀑布。

侵蚀形成瀑布

河床是由软硬程度不同的岩石组成的，经过河水的侵蚀，较软的岩石往下陷落，而坚硬的岩石还很坚固，渐渐地河床出现落差形成瀑布。庐山的三叠泉瀑布就属于这种类型。

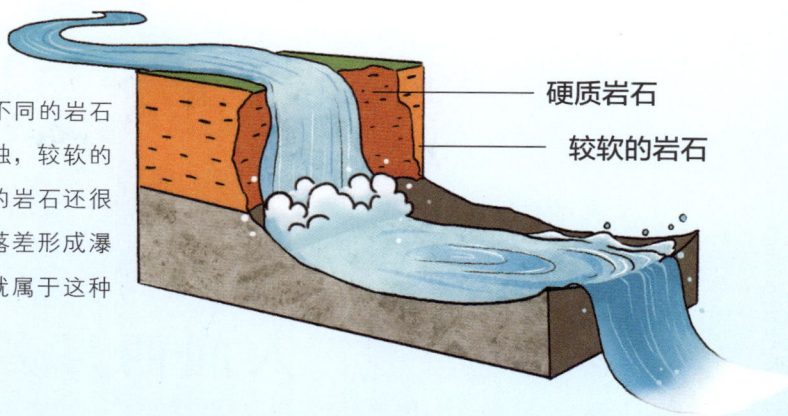

硬质岩石

较软的岩石

2 庐山奇观三叠泉

庐山瀑布中最有名的是三叠泉瀑布，有"庐山第一奇观"之称。三叠泉瀑布的水从大月山流出一段后，又过五老峰，流经石阶到大盘石上，又飞泻到二级大盘石上，并再一次到三级大盘石上，形成三叠，所以称作"三叠泉瀑布"。诗人李白笔下的"飞流直下三千尺，疑是银河落九天"并不是指三叠泉瀑布，此时的李白还没有发现三叠泉瀑布呢。三叠泉瀑布是宋代的一个砍樵人发现的。

科学加油站

● 世界上最宽的瀑布是伊瓜苏大瀑布，位于阿根廷和巴西的界河伊瓜苏河下游，为马蹄形瀑布，宽度约有 4000 米，平均落差 75 米。由于受岩石的结构、瀑布的落差、水量等因素的影响，瀑布也会随着时间的推移而变化，有的瀑布会慢慢消失，也有新的瀑布诞生。

大林寺桃花

［唐］白居易

人间四月芳菲尽，

山寺桃花始盛开。

长恨春归无觅处，

不知转入此中来。

大林寺：佛教名寺，在庐山香炉峰顶。

人间：这里指山下的村落。

芳菲：盛开的花。

山寺：山上的寺庙，指大林寺。

长：经常。

恨：遗憾。

译 文

四月山下的村落花儿都谢了，

山上大林寺的桃花刚刚盛开。

我经常为春光逝去无处寻觅感到遗憾，

却不知道春天已经转到了这里。

诗词背后的故事

　　这首诗是唐代诗人白居易在公元 817 年所写，当时已是初夏四月，白居易时任江州司马，他来到庐山香炉峰上的大林寺，看到一片桃花盛开在缭绕的雨雾中，于是有感而发，写下了这首诗。诗中表达了诗人在初夏时节看到桃花的惊讶与意外的欣喜。

海拔与温度

"海拔"是地理学名词，指的是地面的一个点高出海平面的垂直距离。海拔高度的变化，对温度有着明显的影响，也会影响植物的生长。

1 温度影响桃花的生长

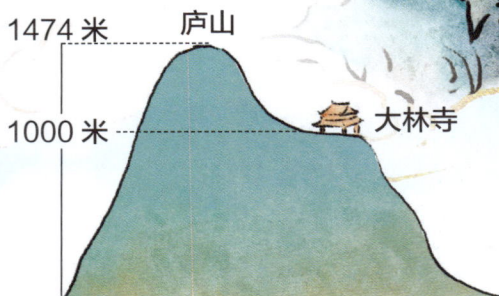

1474 米 ----- 庐山

1000 米 ----- 大林寺

① 《大林寺桃花》这首诗中的大林寺位于庐山香炉峰的山顶，所以可以确定是一个高海拔的位置。

② 海拔越高，温度越低。海拔平均每上升 100 米，气温就下降 0.6℃。所以大林寺周围的温度是比山下低的，虽然已经是四月初夏，可山上也才刚刚开始转暖。

③ 温度进一步影响了植物的生长，温度越低，植物生长会越缓慢，大林寺周围的植物是身处比较低的气温环境中的，所以，本来应该在春天开放的桃花，才会在初夏时绽放。

2. 有趣的气候垂直地带性

"气候垂直地带性"是指在高山地区，因为海拔高度的差异而使得气候呈带状分布的特点。影响气候的主要因素是气温和降水，随着山的海拔升高，气温会逐渐降低，降水量会先增后减，因此呈现出来的植物群落也会发生变化。

庐山植被的垂直分布带

海拔 1250 米或 1300 米以上为针叶林带

海拔 900 米或 1000 ~ 1250 米或 1300 米之间为落叶阔叶林带

海拔 600 米或 700 ~ 900 米或 1000 米之间为常绿阔叶林 – 落叶阔叶混交林带

海拔 600 米或 700 米以下为常绿阔叶林带

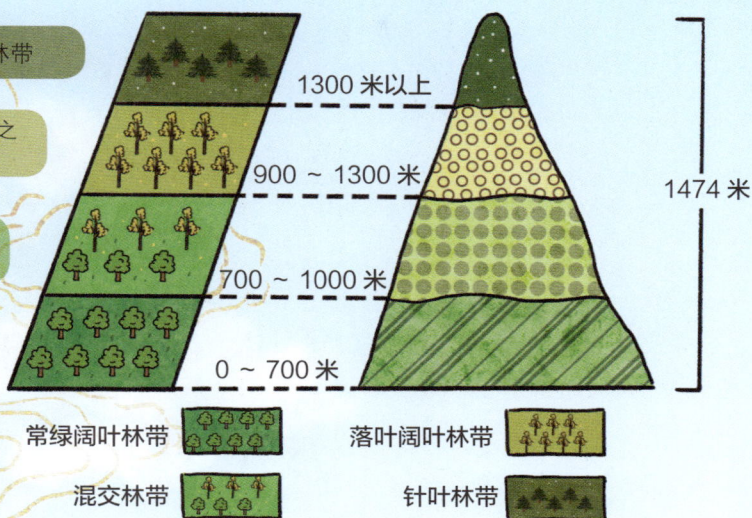

常绿阔叶林带　　　　落叶阔叶林带

混交林带　　　　针叶林带

山体的气候垂直地带性表现还取决于山体所在地的纬度及山体的走向。同时，山体越高，形成的垂直自然带就越完整，而垂直带中每个植被带的宽度互不相同，且随气候差异而变化。

科学加油站

● 海拔高的地方为什么煮不开水？

海拔越高，大气的压力越低，水的沸点也相应降低，所以，在海拔高的地方，水的沸点会低于100℃。比如在西藏，水的沸点就只有91℃，所以海拔高反而煮不开水。

出塞（其一）

［唐］王昌龄

秦时明月汉时关，
万里长征人未还。
但使龙城飞将在，
不教胡马度阴山。

注 释

塞：边关。

但使：只要。

龙城飞将：汉代名将李广，这里泛指英勇善战的将领。

胡马：指匈奴兵马。

度：越过。

译 文

明月和关塞依然是秦汉时的明月和关塞，
将士远赴万里外的战场，至今没有回来。
只要有飞将军李广那样的良将在，
一定不会让匈奴的兵马越过阴山。

诗词背后的故事

　　王昌龄，字少伯，唐代诗人。这首诗是王昌龄早年赴西域时所写，是一首非常著名的边塞诗。王昌龄因擅长写七言绝句，被后世称为"七绝圣手"。这首诗读来让人有一种浑然天成的悲壮感，在唐诗中地位颇高，被人推为唐人七绝的压卷之作。这首诗点出了一个重要的地理位置——阴山，古时有不少边塞诗都以阴山作为写作背景，可见阴山在地理位置上颇具战略意义。这座山脉也因为地势、气候、资源等因素，自古以来就是兵家必争之地。

阴山山脉

阴山山脉是中国境内一条重要的自然地理分界线，由于阴山南北气候差异显著，它也是中国季风与非季风区的分界。历史上不同文明在这里持续碰撞交融，造就了阴山地区独具特色的历史文化。

1 地理位置

阴山山脉呈东西走向，包括狼山、乌拉山、灰腾梁山、大青山等。长约1200千米，平均海拔1500～2000米，山地南北两坡不对称，北坡和缓倾向内蒙古高原，南坡以1000多米的落差直降到黄河河套平原。

2 农牧业形态的分界线

阴山以北为草原、荒漠草原地貌，适合游牧民族生活；阴山以南为水草丰美的河套平原，适合农耕民族生活，从而成为农、牧业两种经济形态的自然分界线。

① 阴山山脉像一个天然的屏障，山脉以南属于夏季季风区域，受来自南方海洋温暖潮湿气流的影响，雨量丰沛，土壤肥沃，农作物得以润泽，人们引水灌溉，发展农业。

② 夏季季风吹到阴山，便受到了山脉的阻挡，暖湿气流无法越过，使得山脉以北缺乏湿润的水汽，干冷而少雨，不适合农耕，所以人们在草地上放养牛羊，发展畜牧业。

3. 阴山山脉的成因

① 世界上大部分的山都是由于地壳运动而形成的。在地壳运动产生的强大挤压作用下，岩层会发生塑性变形而扭曲、隆起地表，便形成一座座山峰，变形过程中产生一系列的波状弯曲，叫作"褶皱"，形成的山体就是"褶皱山"。

褶曲

"褶皱"的基本单位是"褶曲"，即一个弯曲。

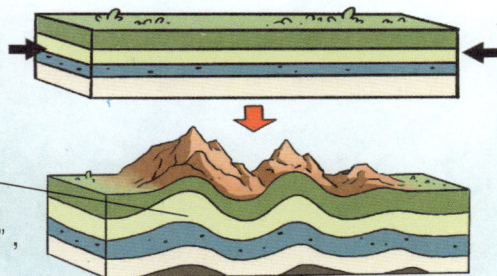

② 若褶皱构造持续受到挤压，当压力过大时，地层可能因此断裂，形成断层，而山脉也会发展成为"断块山"。阴山是一座古老的掀斜式断块山。山脉南面因地层断裂而隆起，山脉北面则是长长的缓坡，阴山仍保留有褶皱地形。

地层断裂的地方，压力沿断面往斜上方挤压，形成了"逆断层"，与逆断层相对的是"正断层"，其成因是地层受拉力向外扩张，使地层沿断裂面下滑而成。

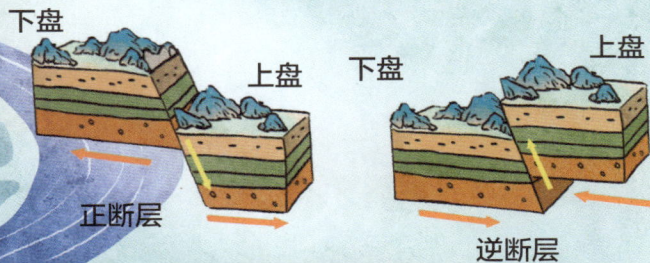

下盘　　　　　　　　上盘　　　下盘　　　　　　　上盘

正断层　　　　　　　　　　　　　　　逆断层

科学加油站

● 阴山是一座古老的断块山，在古老的地层中常蕴藏着丰富的煤矿或石油。煤矿是古代植物死后，遗骸经年累月慢慢沉积至地底，经由长时间的高温与高压渐渐形成的。换句话说，煤矿是一种在长期地质作用下形成的植物化石。

望洞庭

［唐］刘禹锡

湖光秋月两相和，

潭面无风镜未磨。

遥望洞庭山水翠，

白银盘里一青螺。

注释

洞庭：洞庭湖，位于湖南北部。

和：和谐，形容湖光与月色融为一体。

潭：指洞庭湖。

镜未磨：没有打磨过的铜镜。

青螺：绿色的螺，这里指洞庭湖中的君山。

秋夜，洞庭湖上的月色和湖光交融在一起，
湖面风平浪静，像没打磨过的铜镜一样。
远远望去，洞庭湖中苍翠的君山，
就像是白银盘里的一枚小小的青螺。

诗词背后的故事

刘禹锡，字梦得，唐代诗人。这首诗是公元 824 年刘禹锡转任和州的路上，经过洞庭湖时所作。诗人通过丰富的想象和巧妙的比喻，生动地描绘出洞庭湖水宁静、祥和的朦胧美，勾画出一幅美丽的洞庭山水图，表现了诗人对大自然的热爱。北宋文学家范仲淹在《岳阳楼记》中形容洞庭湖"衔远山，吞长江，浩浩汤汤，横无际涯"。

洞庭湖

洞庭湖古时被称作"云梦泽""九江"，有"八百里洞庭"之称。八百里粗略估算面积约为1万平方千米，而现在的洞庭湖面积约2820平方千米，由此可见，洞庭湖经历了一个由大变小的过程，但洞庭湖仍是中国第二大淡水湖，位居第一的是鄱阳湖。

大通湖
东洞庭湖
西洞庭湖
南洞庭湖

1. 地理位置

洞庭湖位于湖南省北部，可分为东洞庭湖、南洞庭湖和西洞庭湖三部分，完整地说还可以加上大通湖。整个洞庭湖区有许多小支流，最后都在岳阳汇入长江。

2. 洞庭湖的成因

洞庭湖属于湖泊盆地，其成因是白垩纪晚期开始的一系列地壳变动，地壳运动使当时的地形经历造山运动的抬升，中央又因断层陷落而形成盆地。

3. 洞庭湖的"调蓄"作用

　　洞庭湖是长江流域重要的调蓄湖泊，具有强大的蓄洪能力，曾使长江无数次的洪患化险为夷。汛期时，湖泊可以帮助江河储存大量的水，从而降低江河的水位；枯水期时，湖泊内储存的水可以流入江河，从而补充江河的水源。

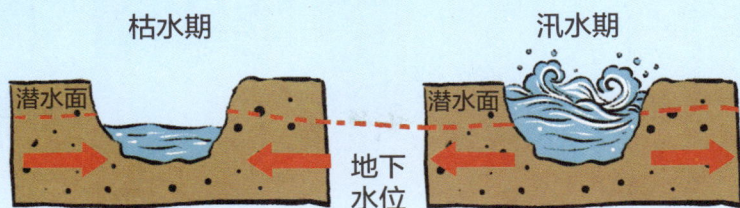

枯水期　　　　　汛水期

潜水面　　　　潜水面

地下水位

4. 候鸟的天堂

　　东洞庭湖湿地是国家级自然保护区，每年有成千上万只候鸟在这里越冬，白鹤、灰鹤、小天鹅、白鹳、白琵鹭、白额雁等珍稀鸟类在这里也能看到，这里俨然已成为候鸟的天堂。

白鹳　　　　白琵鹭　　　　白额雁

　　君山岛是洞庭湖中的一个小岛，与岳阳楼遥遥相对，是国家 5A 级风景名胜区，著名景点有柳毅井、湘妃祠、洞庭庙、飞来钟、龙涎井、君山名树。

科学加油站

　　● 岳阳楼位于湖南省岳阳市，因范仲淹所作《岳阳楼记》而闻名于世，自古有"洞庭天下水，岳阳天下楼"的美誉。其与湖北武汉黄鹤楼、江西南昌滕王阁并称为"江南三大名楼"，是古代文人常用来吟诗作词的对象。

岳阳楼　　　　黄鹤楼　　　　滕王阁

终南望余雪

[唐] 祖咏

终南阴岭秀，

积雪浮云端。

林表明霁色，

城中增暮寒。

注 释

终南：即终南山，位于古长安（今陕西省西安市）南面。

余雪：指未融化的雪。

阴岭：北面的山岭。

林表：林梢，树林的表面。

霁：雨后或雪后天气转晴。

从长安望终南山的北面山色秀美，
山上的皑皑白雪好似与天上的浮云相连。
雪后初晴，林梢之间闪烁着夕阳余晖，
傍晚时分，长安城中又添了几分寒意。

诗词背后的故事

　　这是唐代诗人祖咏在长安参加科举考试时写下的一首应试诗。十分简练的四行文字，描写了一幅冬雪覆盖山岭的自然景色。诗人从长安城中遥望终南山，所见的自然是终南山的北面，山岭的北面又叫"阴岭"，也唯有"阴"，才会留有余雪，可见诗人用字准确传神。

阴岭与阳光

"阴岭"又称"阴坡"，指的是背对太阳，没有阳光照射一面的山岭，而太阳光能照射到的那一面山岭，我们则称之为"阳岭"。由此可见，一段山岭属"阴"或属"阳"是和太阳光的照射相关的。

1 为什么诗人称终南山北面为"阴岭"？

① 太阳的直射点是在南回归线和北回归线之间来回移动的。在北回归线以北的地区，太阳光都是从南面照过来的，这就造成山坡的南面正对着太阳，接受太阳的照射较多，而山坡的北面则背对着太阳，接受太阳的照射较少。

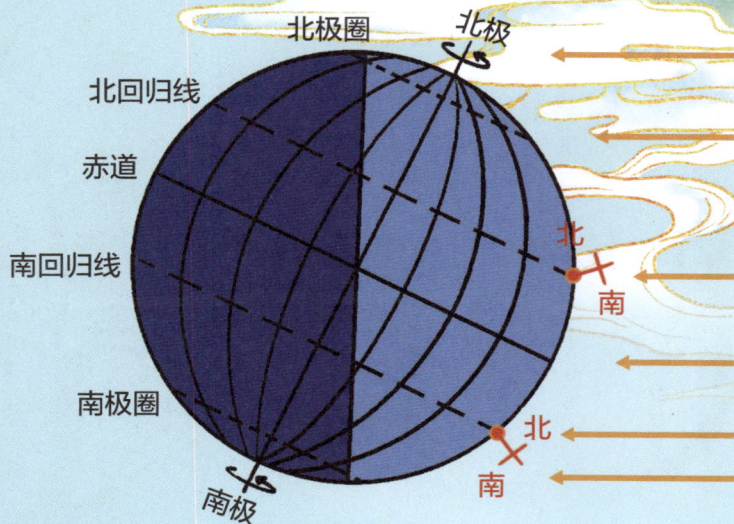

北极圈　北极

北回归线

赤道

北
南

南回归线

南极圈

北
南

② 我国大部分地区都处于北回归线以北，终南山位于秦岭山脉的中段，这个位置，太阳光都是从南面照过来的，北面的位置没有阳光照射，所以诗人对终南山北面的山岭有了"阴岭"的称呼。

南极

2 太阳光的直射和斜射

我们用手电筒的光线来模拟太阳光的直射与斜射。

① 平举起手电筒，让手电筒的光线直照前方墙壁。你会发现，此时形成的光圈比较小，汇集在一个很小的区域内，但光比较亮。

② 将手电筒倾斜照向地面，你会发现，手电筒照亮的区域变大了，但光的亮度却变小了一些。

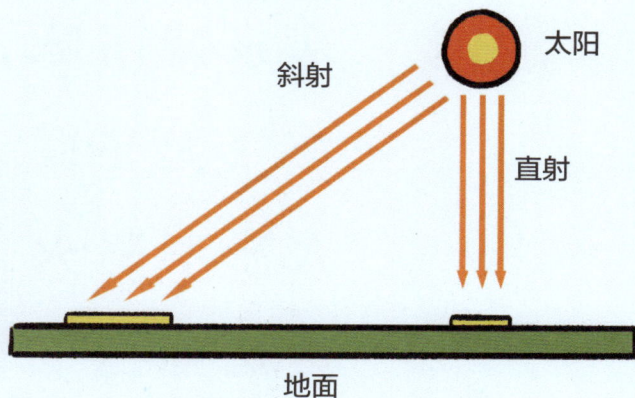

斜射

直射

太阳

地面

科学加油站

● 为什么古时人们修建房屋讲究"坐北朝南"？

古时人们修建房屋讲究"坐北朝南"，会把房屋建造成背靠北方，大门面向南方。这样做可以防止冬天寒冷的北风进入屋内，更重要的是，这样可以让房屋得到更多阳光的照射，让屋子里更暖、更明亮。"坐北朝南"放在现代房屋设计中也很适用，很多楼房在设计上也会把如客厅、主卧室、主阳台等空间放在整栋建筑的南面。

北

南

汤泉

[宋] 王安石

寒泉诗所咏，独此沸如烝。

一气无冬夏，诸阳有废兴。

人游不附火，虫出亦疑冰。

更忆骊山下，歊然雪满塍。

注释

寒泉：见于《诗经》，其水四季常冷。

烝：同"蒸"，指热气上升。

阳：都城，代指朝代。

有：一作"自"。

附：依傍。

骊山：骊山在唐朝时建有华清宫，宫中的温泉
是杨贵妃沐浴的地方。

歊然：温热的样子。

塍：田埂。

译文

诗歌里常写的都是冷泉，
只有这里的泉水像沸腾了一样。
温泉的温暖不分季节，
不像朝代还有更迭变化。
人们来这里游玩不用生火取暖，
就连附近的虫子都不知道冰的存在。
只是遥想到骊山华清宫的温泉，
如今也委身于田埂之间覆满白雪不复当年。

🔲 诗词背后的故事

　　这首诗是北宋著名文学家王安石所写，在湖北京山的民间逸闻中，相传当时王安石看到当地热气腾腾的温泉，连衣服都没有脱就跳了下去，痛痛快快地洗了个澡，也因此写下了这首诗。诗人由"寒泉"引出"温泉"，通过"寒""沸"二字的对比，突显出了温泉的热。

温泉功效多

温泉从地下涌出，一般温度较高，且含有许多微量元素。泡温泉能放松肌肉、松弛关节、消除疲劳、促进身体的血液循环，睡前泡温泉，还能改善睡眠质量。

1 温泉泡多长时间合适？

温泉的水温多在 38 ~ 42℃，略高于体温，所以泡温泉的时间不宜超过 15 分钟。如果觉得时间太短，也可以先上来喝点水，稍作休息后再泡，每天最多不超过 3 次，以免加重心脏负担。

2 温泉是怎么形成的？

温泉的形成与火山有关，火山爆发时会喷出许多岩浆，部分岩浆会因为某些原因停留在半路，并且是接近地表的区域，这些岩浆会往地层里慢慢散热，使得附近的地下水温度升高，被加热成为热水，这些热水沿着地下的裂缝上升，最终源源不断地涌出地表，形成温泉。

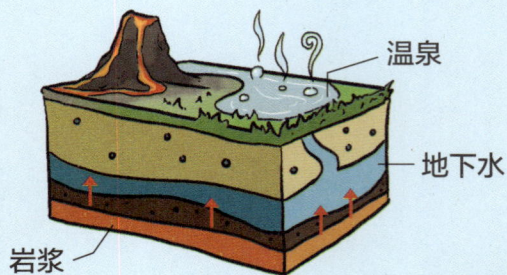

温泉

地下水

岩浆

一些岩浆流经的区域，岩浆的活动还没有达到冲出地面形成爆发的能量，岩浆不会涌出地表，但这个热量已经足够把地下水烧热，也能形成温泉。

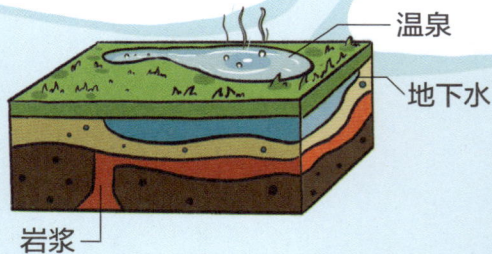

温泉

地下水

岩浆

地表水渗透循环，向下渗透深入到地壳深处的含水层，形成地下水，而地球内部像一个天然的大火炉，越深处温度越高，地壳深处的地下水受地热影响被加热，从而形成高温温泉（温度≥75℃）。

3. 地球的内部结构

地核：地核是地球内部构造的中心层圈，分为内核和外核。

地幔：地幔是包裹着地核的固态岩石，因为温度极高所以具有塑性，地球内部的热量会驱使地幔缓缓移动。

地壳：地壳是一层冷而脆的外壳，包裹着地幔中高温可移动的岩石，厚度各处不一。

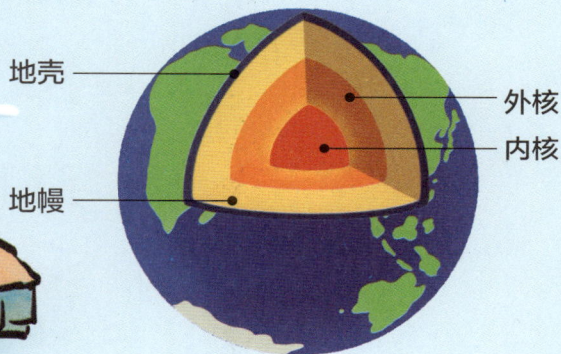

地壳

地幔

外核

内核

科学加油站

猛犸温泉：位于美国黄石国家公园，是世界上最大的碳酸盐沉积温泉。

血池温泉：位于日本北府市，红色的泉水中富含铁元素。

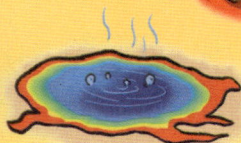

大棱镜温泉：又称大虹彩温泉，位于美国黄石国家公园，是美国最大、世界第三大的温泉。

德尔达图赫菲温泉：位于冰岛瑞克霍斯达鲁市，是欧洲水流速度最快的温泉，水流速度高达 180 升/秒。

与颜钱塘登樟亭望潮作

［唐］孟浩然

百里闻雷震，

鸣弦暂辍弹。

府中连骑出，

江上待潮观。

照日秋云迥，

浮天渤澥宽。

惊涛来似雪，

一坐凛生寒。

注释

颜钱塘：指钱塘县令颜某，其名不详。古人习惯以地名称该地行政长官。

钱塘：旧县名，唐时县治在今浙江杭州市钱塘门内。

樟亭：在钱塘县城外的一个观潮亭子，今已不存。

辍：停止。

迥：远。

渤澥：指渤海，这里指钱塘江外的东海。

坐：通"座"，座位。

江潮如雷，声震百里，隆隆滚过，暂且停止了弹拨手中的鸣琴。
府中的官员一个接一个骑马而出，早早地在江边等着观看潮水。
阳光照射下，秋云仿佛格外高远，海水在天际浮动，显得特别宽阔。
浪涛涌来，卷起了千堆万堆白雪，观潮的人啊，谁不感到寒气凛冽。

诗词背后的故事

　　这是唐代诗人孟浩然所作的一首五言律诗。诗人漫游到杭州，
正值中秋，于是与钱塘县令颜某同观钱塘江潮，写下了这首诗。
一般观潮诗往往只极力描写大潮的雄伟壮丽，而这首诗从人和潮
两方面来写。写人主要写听潮、出观、待潮，写潮重点写观感，
写出了观潮的全过程。写潮用了一虚一实，虚是"百里闻雷震"，
从听的角度写潮声；实是"惊涛来似雪"，正面写大潮的雄奇伟丽。
本诗张弛有度，在雄浑壮美中显出从容潇洒的气韵。

钱塘江大潮

钱塘江大潮和亚马孙大潮、恒河大潮并称为"世界三大潮汐"。受天文、地形的影响，每年农历八月十八日，东海潮波进入杭州湾，银浪翻滚，鸣声如雷，溯江而上，奔流 200 千米，有着"天下第一潮"之誉。

1 钱塘潮水有特点

一线潮
观潮点——浙江省嘉兴市盐官镇东南段海塘

未见潮影，先闻潮声。耳边传来轰隆隆的巨响，慢慢地，远处江面出现一条白线，近一些白线变成了一堵水墙逐渐升高并迅速向前推移，有万马奔腾之势、雷霆万钧之力。

回头潮
观潮点——浙江省嘉兴市盐官镇西老盐仓

回头潮逆流而上，咆哮而来的潮水遇到障碍后被反射折回猛烈撞击堤坝，风驰电掣地向东回奔，声如狮吼。

冲天潮
观潮点——浙江省杭州市西湖区九溪公交站附近

冲天潮是发生于堤、坝相交处的特种潮，潮水如同被网兜兜住一样，在堤坝相交转弯角处，潮水"哗"一声碰撞巨响，潮头直冲云天，形成一股水柱，低者两三米，高者可达十多米。

②钱塘江大潮的成因

① 天时：农历八月十六日至十八日，太阳、月球、地球几乎在一条直线上，所以这天海水受到的引潮力达到一年中的巅峰。引潮力是引起潮汐的原动力，引潮力与月球（或太阳）的质量成正比，与月球或日地之间距离的立方成反比。

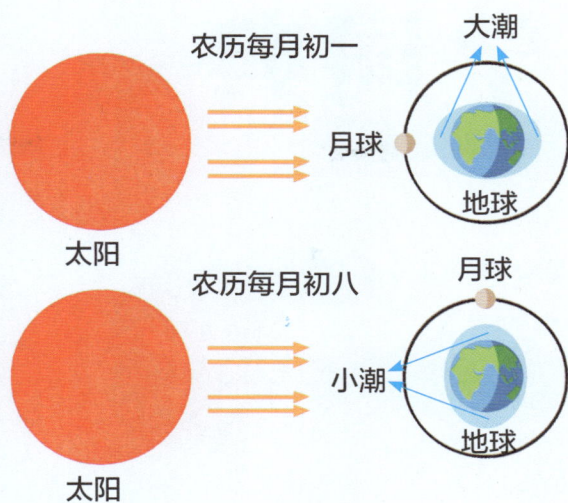

农历每月初一

太阳　月球

大潮

地球

农历每月初八

月球

太阳

小潮

地球

② 地利：大潮的成因还与钱塘江入海口呈独特的喇叭状有关。当大量潮水从钱塘江口涌进来时，江面迅速缩小，使潮水来不及均匀上升，就只好后浪推前浪，层层相叠。此外，钱塘江水下多沉沙，使潮水前坡变陡，速度减缓，从而形成后浪赶前浪，一浪叠一浪涌。

③ 风势：沿海一带常刮东南风，风向与潮水方向大体一致，助长了潮势。

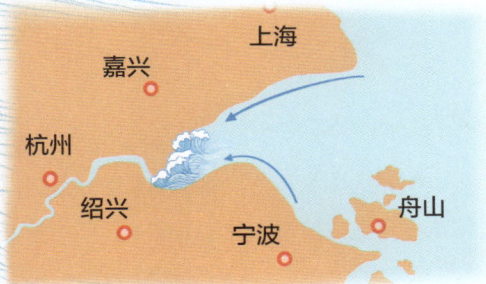

上海

嘉兴

杭州

绍兴　宁波　舟山

科学加油站

● 人们普遍认为钱塘江潮一年只有一次，其实这是个误区。钱塘江潮汐每天经历两次涨落，每月有望、朔两次大潮，每年在春分、秋分时节的潮水最大，其中尤以秋潮为最。

科学词典

太阳

太阳是太阳系的中心天体，是离地球最近的恒星，体积巨大。这颗庞大的气态火球已经超过 45 亿岁了，还不停向外散发着光和热，地球也因此生机勃勃。

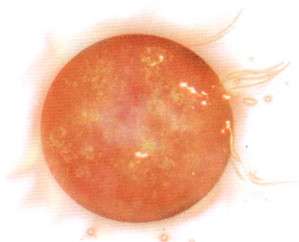

月球

月球是地球的卫星，直径大约是地球的 1/4，月球表面布满了由小天体撞击形成的"月坑"。月球围绕地球旋转，随着太阳光照射在月球上的位置和方向不同，我们每天看到的月相都不一样。

银河系

银河系呈椭圆盘形，具有巨大的盘面结构，自内向外分别由银心、银核、银盘、银晕和银冕组成。银河系拥有各类恒星 1000 亿颗以上，太阳也是其中的一颗。

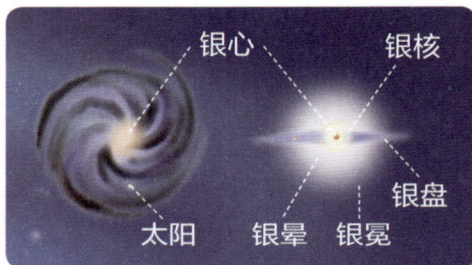

银心　银核　太阳　银晕　银冕　银盘

太阳系的八大行星

以恒星太阳为中心，依靠太阳巨大的引力，维持着周边的行星、卫星、小行星和彗星围绕太阳运转，这样一个天体系统就是我们常说的"太阳系"。太阳系有八大行星，地球是其中的一颗行星。

水星： 水星离太阳最近，表面有很多陨石坑，是太阳系里体积最小、跑得最快的行星。

金星： 金星表面被厚厚的云层覆盖，表面温度约 480℃，是太阳系里温度最高的行星。

地球： 38 亿年前，地球上出现了最初的生命，地球是已知的太阳系里有生命存在的星球，也是人类的家园。

火星： 火星比地球小，别看外观是红色的，火星上可是非常寒冷的。

木星： 木星是太阳系中体积最大的行星，表面有着明亮的条纹和一个大红斑，大红斑其实是一种大型风暴。

土星： 土星由气体组成，最特别的是，土星外层有一个由冰、岩石和灰尘组成的行星环。

天王星： 蓝绿色的天王星运行时总是倾向一边，它也自带一个浅色的圆环。

海王星： 海王星离太阳最远，因为表面气体成分特殊，整个海王星呈现蓝色。

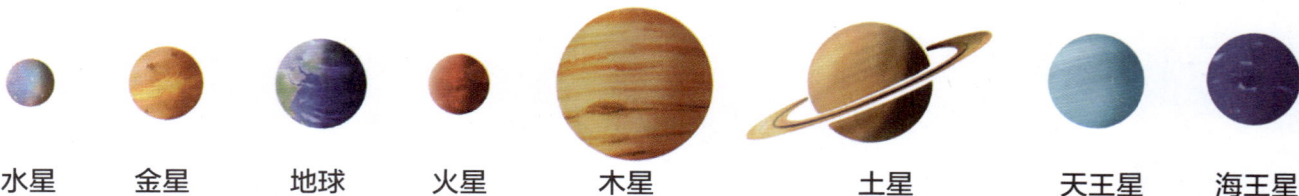

水星　金星　地球　火星　木星　土星　天王星　海王星

牛郎星

牛郎星又名"河鼓二"，位于银河的东南边，是天鹰座中最亮的恒星，与天鹰座 β 星（河鼓一）、天鹰座 γ 星（河鼓三）的连线正指向织女星。牛郎星比太阳更热更年轻，直径约是太阳的 2 倍。牛郎星的自转速度是太阳自转速度的 60 倍，所以牛郎星不像太阳是近乎标准的圆球形，而是扁扁的椭球形。

牛郎星

天鹰座

织女星

织女星位于银河的西北边，是天琴座中最明亮的恒星，距离地球约 26.3 光年，它是除太阳之外第一颗有光谱记录的恒星。织女星的自转速度也很高，所以织女星也是扁扁的。织女星在夜空中亮度排名第五，是北半球第二明亮的恒星。织女星的年龄只有太阳的 1/10，质量却是太阳的 2.1 倍，所以它的预期寿命也只有太阳的 1/10。

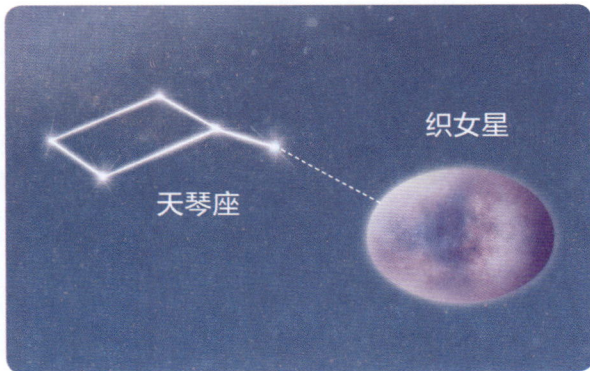

织女星

天琴座

北斗七星

北斗七星由天枢、天璇、天玑、天权、玉衡、开阳、摇光七颗发光的恒星组成。北斗七星是北半球天空的重要星象，因为这七颗星排列起来的形状像古人舀酒的勺子而得名。北斗七星不是一个单独的星座，它是大熊座的一部分，就位于大熊的尾巴上。

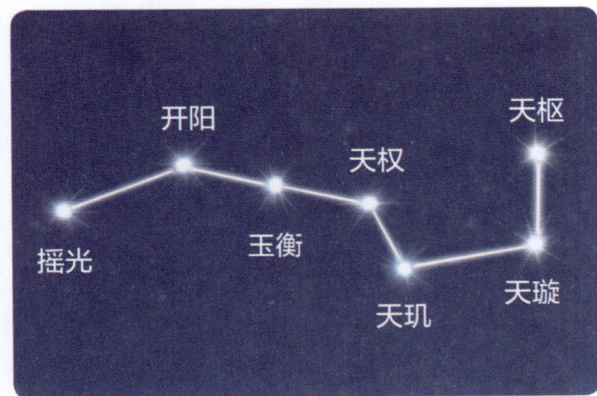

开阳
天权
天枢
摇光
玉衡
天玑
天璇

北极星

从北斗七星的"天枢"向外延伸一条直线，大约延长 5 倍，就可见到北极星。北极星又称"小熊座 α 星"，因为北极星离北天极很近，几乎正对着地球的自转轴，从地球北半球上看，北极星在天空中的位置几乎不变，所以人们可以靠它来辨别方向。

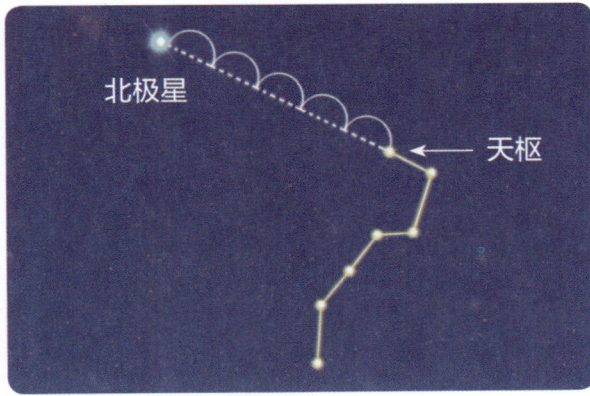

北极星

天枢

瀑布

瀑布是从山崖或河床等高处降落到低处的水流，所以瀑布又叫跌水。瀑布是地球的内力作用和外力作用形成的，内力作用比如火山、地震等，外力作用比如河流的侵蚀等。

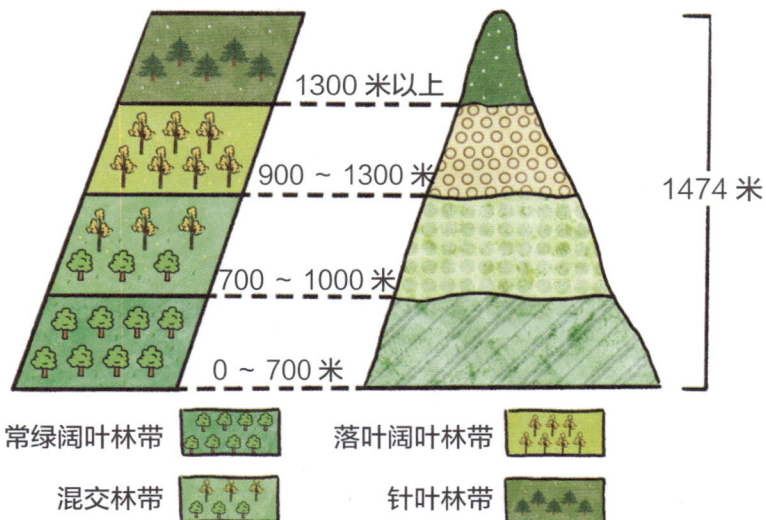

1300 米以上

900 ~ 1300 米

700 ~ 1000 米

0 ~ 700 米

1474 米

常绿阔叶林带

落叶阔叶林带

混交林带

针叶林带

气候的垂直地带性

气候垂直地带性是指在高山地区，因为海拔高度的差异而使得气候呈带状分布的特点。影响气候的主要因素是气温和降水，随着山的海拔升高，气温会逐渐降低，降水量会先增后减，因此呈现出来的植物群落也会发生变化。

夏季季风

夏季季风是季风的一种。在夏季，由于大陆受太阳照射后，温度迅速上升，产生上升气流，近地面形成了低压区；同时海洋温度上升较慢，气流下沉，形成高压区；高压区的气流流向低压区，即海洋上空的气流流向陆地，并带去丰富的水汽，引起降雨，这股气流就是夏季季风。夏季季风主要分布在赤道以北的热带和亚热带地区。

褶皱山

在地壳运动产生的强大挤压作用下，岩层会发生塑性变形而扭曲、隆起地表，便形成一座座山峰，变形过程中产生一系列的波状弯曲，叫作"褶皱"，形成的山体就是"褶皱山"。

温泉

温泉的形成与火山有关，火山爆发时会喷出许多岩浆，部分岩浆会因为某些原因停留在半路，并且是接近地表的区域，这些岩浆会往地层里慢慢散热，使得附近的地下水温度升高，被加热成为热水，这些热水沿着地下的裂缝上升，最终源源不断地涌出地表，形成温泉。

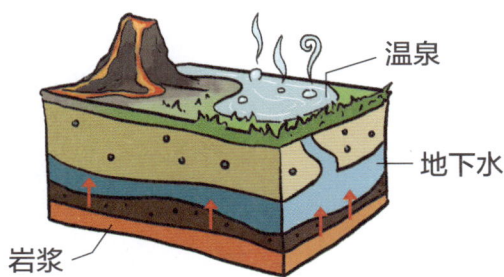

钱塘江大潮

钱塘江大潮和亚马孙大潮、恒河大潮并称为"世界三大潮汐"。受天文、地形的影响，每年农历八月十八日，东海潮波进入杭州湾，银浪翻滚，鸣声如雷，溯江而上，奔流200千米，钱塘江大潮有着"天下第一潮"之誉。

南回归线

南回归线是太阳直射点回归运动移到最南时所在的纬线，其纬度数值等于黄赤交角，大约在南纬23°26′。南、北回归线也是南温带、北温带与热带的分界线；南极圈、北极圈则是90°减去回归线的度数，是南温带、北温带与南寒带、北寒带的分界线。

北回归线

北回归线是太阳光线能够直射在地球上最北的界线，大约在北纬23°26′（一般可估算为23.5°）。

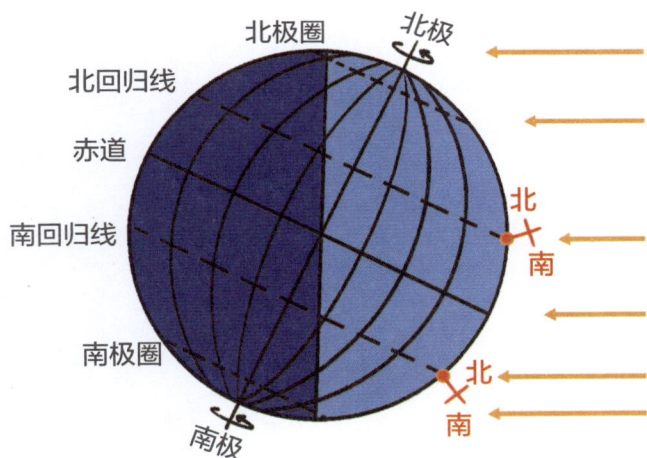

地球的内部结构

地球的内部结构为一同心状圈层构造，由地心至地表依次分化为地核、地幔、地壳。

地核：地核是地球内部构造的中心圈，分为内核和外核。

地幔：地幔是包裹着地核的固态岩石，因为温度极高所以具有塑性，地球内部的热量会驱使地幔缓缓移动。

地壳：地壳是一层冷而脆的外壳，包裹着地幔中高温可移动的岩石，厚度各处不一。

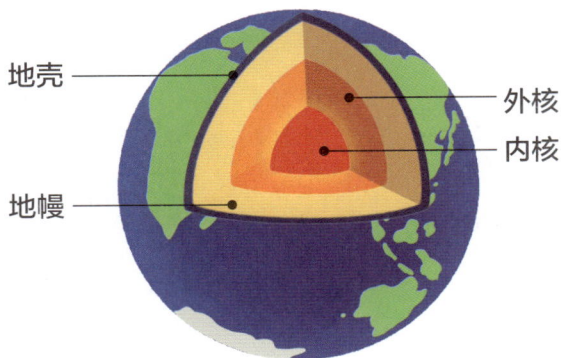

图书在版编目（CIP）数据

当诗词遇上科学．天文地理 / 滔滔熊童书主编 . --
哈尔滨：黑龙江科学技术出版社，2023.6
　　ISBN 978-7-5719-1386-1

　　Ⅰ．①当… Ⅱ．①滔… Ⅲ．①古典诗歌－中国－少儿
读物②科学知识－少儿读物 Ⅳ．① I222 ② Z228.1

中国版本图书馆 CIP 数据核字 (2022) 第 082956 号

当 诗 词 遇 上 科 学 ．天 文 地 理

DANG SHICI YUSHANG KEXUE . TIANWEN DILI

主　　编	滔滔熊童书
项目总监	薛方闻
责任编辑	王化丽
策　　划	深圳市金版文化发展股份有限公司
封面设计	深圳市金版文化发展股份有限公司
出　　版	黑龙江科学技术出版社
	地址：哈尔滨市南岗区公安街 70-2 号　邮编：150007
	电话：（0451）53642106　传真：（0451）53642143
	网址：www.lkcbs.cn
发　　行	全国新华书店
印　　刷	深圳市雅佳图印刷有限公司
开　　本	889 mm×1194 mm　1/16
印　　张	16
字　　数	320 千字
版　　次	2023 年 6 月第 1 版
印　　次	2023 年 6 月第 1 次印刷
书　　号	ISBN 978-7-5719-1386-1
定　　价	140.00 元（全 4 册）

当诗词遇上科学

格物致知

滔滔熊童书 主编

黑龙江科学技术出版社
HEILONGJIANG SCIENCE AND TECHNOLOGY PRESS

- 关于本书 -

　　本书收录了 13 首诗词。每首诗词均以 4 页篇幅介绍，前 2 页为"诗词赏析"，包含"注释""译文"和"诗词背后的故事"三个板块，诗词赏析搭配趣味插画，有助于读者学习和背诵诗词。后 2 页为"科学知识"，包含 2 ~ 3 个从诗词中挑选出来的科学知识点，为读者解释和说明，另有"科学加油站"板块，进一步对科学知识进行延伸，让读者在学习科学知识的同时，更深一层地了解和学习诗词。

诗词赏析

诗词
精选适合主题的诗词，引导读者阅读。

注释
对诗词中较难理解的字词进行解释。

诗词背后的故事
对诗词的创作背景和作者写作时的心境做进一步说明。

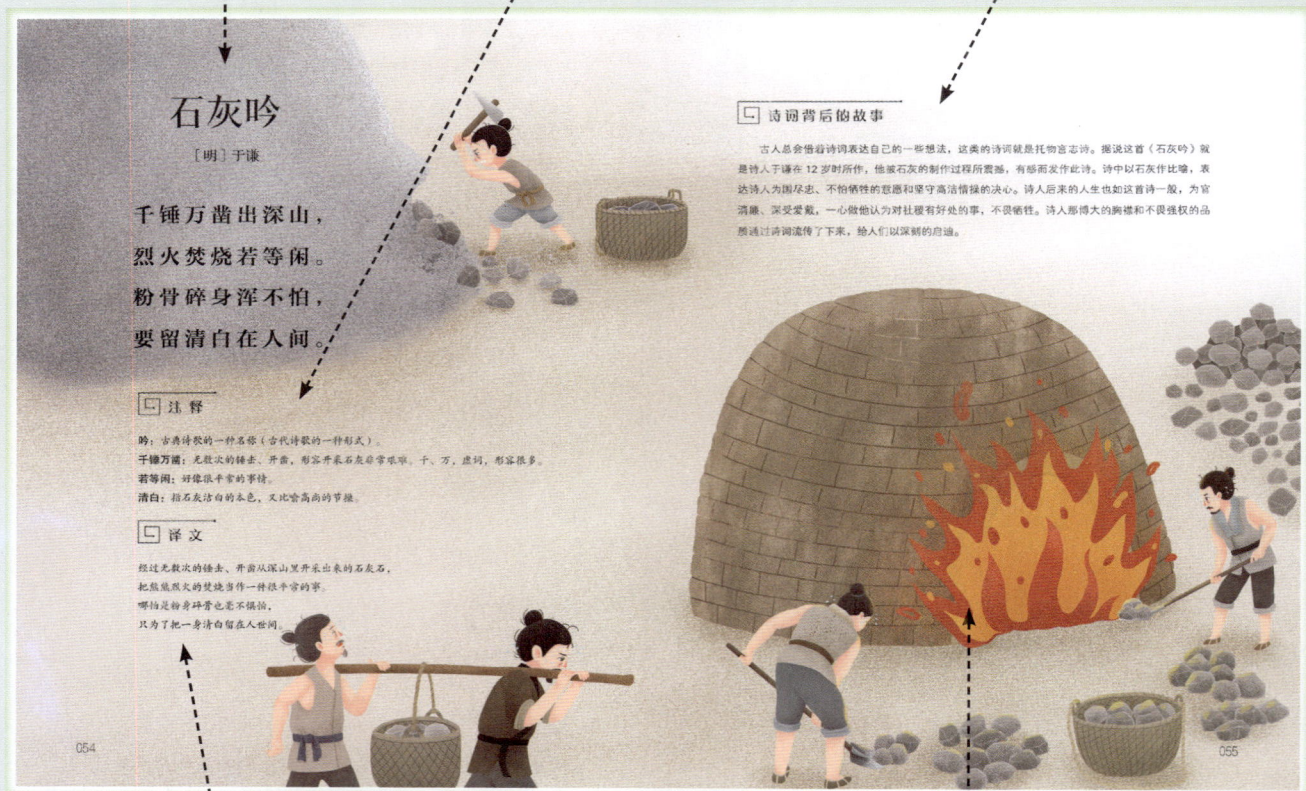

石灰吟

[明] 于谦

千锤万凿出深山，
烈火焚烧若等闲。
粉骨碎身浑不怕，
要留清白在人间。

注释

吟：古典诗歌的一种名称（古代诗歌的一种形式）
千锤万凿：无数次的锤击、开凿，形容开采石灰非常艰辛。千、万，虚词，形容很多。
若等闲：好像很平常的事情。
清白：指石灰洁白的本色，又比喻高尚的节操。

译文

经过无数次的锤击、开凿从深山里开采出来的石灰石，
把熊熊烈火的焚烧当作一件很平常的事。
哪怕是粉身碎骨也毫不惧怕，
只为了把一身清白留在这人世间。

诗词背后的故事

　　古人总会借着诗词表达自己的一些想法，这类的诗词就是托物言志诗。据说这首《石灰吟》就是诗人于谦在 12 岁时所作，他被石灰的制作过程所震撼，有感而发作此诗。诗中以石灰作比喻，表达诗人为国尽忠、不怕牺牲的意愿和坚守高洁情操的决心。诗人后来的人生也如这首诗一般，为官清廉、深受爱戴，一心做他认为对社稷有好处的事，不畏牺牲。诗人那博大的胸襟和不畏强权的品质透过这首诗词流传了下来，给人们以深刻的启迪。

054

055

译文
以浅显易懂的语言，阐明诗词意义。

插画
精美插画贴近诗词意境，趣味性强，有助于理解诗作。

科学知识

科学词典
对主题科学中涉及的科学词语进行解释，帮助读者深入阅读。

板块
地球的地壳并不是一块整体，而是分裂成许多块，这些大块的岩石称为板块。1968年，萨维尔·勒皮雄将全球岩石圈划分为六大板块，分别是太平洋板块、欧亚板块、非洲板块、美洲板块、印澳板块和南极板块。其实，全球所有的板块都在移动，只不过发生的速度非常缓慢，人根本察觉不到。

溶液
两种或两种以上的纯物质混合而成的混合物叫作溶液。溶液不仅仅是液态啊，它也可以是气态和固态的。比如空气是一种气体溶液，它混合了氧气、二氧化碳、氮气等气体；合金就是彼此呈分子分散的固体溶液；食醋是由酸味物质、水等均匀混合而成的液体溶液。

主题科学
趣味科学知识点搭配精美插画，进行主题探究。

科学知识
挑选2～3个科学知识点展开介绍，有趣又有料。

千锤百炼的石灰

有一种富含碳酸钙的石头叫作石灰岩，这是一种沉积岩，可以用来煅烧成石灰。石灰石一般呈青色或者美白色，埋藏在地下的深度约半米到一米。

如果从化学角度来看，这个反应就是把碳酸钙通过高温分解成氧化钙和二氧化碳。

$$CaCO_3 \xrightarrow{\text{高温}} CaO + CO_2 \uparrow$$

1 石灰的锻造程序
我们说的石灰通常是生石灰。在石灰石上摆放一层煤饼，再放石灰石，这样交替摆放后，点火焚烧到石灰石变酥，等到它风化发粉，就能得到白色的生石灰了。

①开采出石灰石
②和煤饼层层混合煅烧
③得到灰白色的生石灰
④风化成粉

2 石灰的作用
①生石灰可以作为填料用在建筑方面，当作凝胶材料，用来修理船只、遮蔽水池等。

②生石灰可以吸水，可以当作干燥剂使用。我们在食品包装、自热锅里经常会看到它，但是千万不能食用。

③在一些地方，人们会把有刺激性味道的石灰撒在屋外，用来驱蛇。

④熟石灰可以当作建筑涂料来使用，如果再加入水泥和沙石就可以当作砌瓦粘合剂。

⑤熟石灰也有杀菌防虫的作用，树木越冬前涂上它，就可以杀死害虫，还可以给树木保暖。

科学加油站
★沿海地区的"特供石灰"是什么？
由于海滨地区很少会产生石灰岩，人们就发明了用牡蛎壳代替石灰石制作石灰的方法。因为牡蛎壳的主要成分就是碳酸钙，当其加热到500℃以上时，就会分解成氧化钙，也就是生石灰。

用牡蛎壳制作石灰的方法像煅烧石灰石一样，把牡蛎壳和煤饼放在一起煅烧，就得到了蛎灰。人们不仅可以用这种蛎灰代替石灰修补船只，还可以修城墙、造桥梁、盖房屋等。

语言
采用生动活泼、通俗易懂的语言，为读者分析知识点。

科学加油站
主题科学知识的深入和延伸，助力读者拓展知识。

目录

风

[唐] 李峤

解落三秋叶，
能开二月花。
过江千尺浪，
入竹万竿斜。

注释

解落：能吹落。
三秋：农历九月，指秋季。
二月：农历二月，指春季。
入竹：吹进竹林。
斜：倾斜。

风能吹落秋天的树叶，
能吹开春天的鲜花，
吹过江河时能掀起千尺高的滚滚波涛，
吹进竹林时能把万千翠竹吹得摇曳倾斜。

诗词背后的故事

唐代诗人李峤少有才志，二十岁就中了进士，历仕三朝，在武则天、唐中宗时期官至宰相，也是当时著名的御用文人，和苏味道、崔融、杜审言合称"文章四友"，在文学上造诣很深。

这首诗具体的创作年份不详，据说是某年的春天，李峤、苏味道、杜审言三人一起游泸峰山，山上景色秀美，一片葱郁，等他们登上峰顶之时，一阵清风吹来，李峤诗兴大发，随口吟出了这首构思精巧的咏物诗。诗中并没有出现"风"字，但每一句里我们都能见到风的影子，彰显了诗人超凡的艺术表现力，也让我们对风这个自然现象产生了好奇。

风的力量

正如诗中所说，风能吹落秋天的树叶，能吹开春天的鲜花。风时时刻刻环绕着我们，那么你知道风是怎样形成的吗？

当太阳光照在地球表面上，会使地表的温度升高，接着空气受热膨胀上升，冷空气横向流入，上升的空气因逐渐冷却变重而降落，由于地表温度较高又会加热空气使之上升，这样反复的过程中，空气一直流动，就产生了风。

1. 风力等级

微风、强风、暴风……这些都是我们描述风力时常常用到的词。风力就是风吹到物体上所表现出的力量的大小，现在国际通用的风力等级标准是蒲福风级，它把风力的大小分为 18 个等级，最小是 0 级，最大为 17 级。下面我们来看看不同等级的风会引发什么状况吧！

3 级：微风，树叶及小树枝不停摆动，旗帜展开，迎风飘扬。

0 级：无风，烟直上。

8 级：大风，小树枝被吹折，人逆风前行阻力非常大。

6 级：强风，大树枝摆动，电线呼呼有声，人打伞困难。

② 旋转的台风

台风是一种破坏力很强的热带风暴，是热带气旋的一种，通常发生在夏季的热带海洋地区。强台风过境时，狂风暴雨肆虐，大树被连根拔起，房屋被摧毁，十分可怕。

不过台风也并不是只有坏处。在炎炎夏日，台风能给我们带来丰沛的降水，驱散热带、亚热带地区的高温。如果没有台风，热带地区将会更热，地表沙荒会更加严重，同时寒带地区更冷，温带消失，我们的地球将会是另一番景象。

台风是怎样形成的

1. 热带或亚热带海洋，洋面温度高于 26.5℃。

2. 空气受热膨胀上升，大气发生扰动。

3. 周围的较冷空气源源不绝地流入上升区，受到地转偏向力影响旋转起来。

4. 上升的空气变冷，冷凝成水释放出热量。

5. 热量助长了更多的低层空气上升。

6. 大气旋转得更加猛烈，形成台风。

云墙　云墙
台风眼
外围大风区　旋涡风雨区　旋涡风雨区　外围大风区

台风剖面图

10 级：狂风，树木被连根拔起，房屋毁坏严重。

科学加油站

● 某一区域的空气流动越快，风速就越大，风的力量也就越大，风力的大小可以用风速测量仪测出来。

风速测量仪

凉州词

〔唐〕王翰

葡萄美酒夜光杯，
欲饮琵琶马上催。
醉卧沙场君莫笑，
古来征战几人回？

注释

夜光杯：玉制的酒杯，夜间能透出光。

欲：将要。

琵琶：乐器。

催：催促。

马上：马背上。

沙场：指战场。

征战：打仗。

译文

精美的酒杯中斟满了甘醇的葡萄酒，战士们正准备举杯开怀畅饮，
突然琵琶声从远处传来，催促他们上马出发。
如果战士们喝醉了躺在战场上，也请你不要笑话，
自古以来当兵打仗，有几个能从战场上平安归来的？

🔲 诗词背后的故事

凉州是个古代地名，就是现在的甘肃省武威市。汉唐之际，凉州是中国西北地区仅次于长安的最大古城，更是连接中原与西域的重要通道，与张掖、酒泉、敦煌并称"河西四郡"，是古代丝绸之路的重要据点。

《凉州词》是一首经典的边塞诗，作者王翰是唐朝著名的边塞诗人，他性格豪爽，喜欢游乐喝酒，擅长创作乐词，很有才气。这首诗没有直接描写战争场面的险恶，也没有具体叙述边疆生活的艰苦，而是从出发之前的饮酒写起。战士们手持精致的夜光杯，畅饮甘醇的美酒，虽然即将奔赴战场，但也要一醉方休，彰显豪迈的气概。而葡萄酒是当时西域的特产，其酒香浓郁，酸甜可口，深受边塞居民的喜爱。

葡萄变成酒

在很久很久以前，我们的祖先就开始喝酒了，但那时候的酒主要是用各种粮食酿造的。到了汉武帝时期，张骞出使西域，引进了当时大宛国的葡萄品种，我国这才开始了葡萄酒的酿造。

1 一颗葡萄的成分

一颗葡萄主要由果皮、果肉、核、果梗和果霜组成。水分和糖分是葡萄的两大组成物，对后期葡萄酒的发酵起着至关重要的作用。

糖

水

酸

单宁

芳香化合物

③去梗破皮

用机器去除葡萄梗，并轻微打破葡萄皮，让果汁流出来。

2 这样酿造葡萄酒

历史学家认为，古代波斯可能是世界上最早酿造葡萄酒的国家。古代酿造葡萄酒主要采用自然发酵法，就是不用添加酒曲，利用葡萄自然发酵成酒。虽然现在的酿酒工艺已经非常成熟，但葡萄酒的酿造方法却没有本质的改变，下面来看看葡萄从采摘下来到被制作成酒的过程吧！

①采收

将成熟的葡萄采摘下来。

②分拣

剔除未成熟的、腐烂的葡萄。

⑤发酵

入桶发酵，酵母将葡萄汁中的糖分转化为乙醇和二氧化碳。

⑥压榨分离

压榨果皮残渣，获得葡萄酒液。

⑦熟成

发酵后的葡萄酒被转入橡木桶中熟成，陈酿时间从几个月到几年不等。

⑧澄清和过滤

澄清并过滤掉杂质，葡萄酒变得更加清澈。

④冷浸渍

破碎的葡萄在 4~15℃ 的低温下浸渍一段时间，以增强酒的果味和质感。

⑨装瓶

将酒灌入瓶中，封瓶，贴酒标。

科学加油站

● 酒有什么魔力，能让人醉呢？其实让人醉酒的主要成分是酒精，酒精浓度越高越容易醉。人喝酒之后，酒精进入人体，大部分被肝脏中的乙醇脱氢酶分解成对人体有害的乙醛，乙醛又很快被乙醛脱氢酶分解为二氧化碳和水排出体外。但是当人饮酒过量时，乙醛就来不及被完全分解，留存在体内就会使人醉。

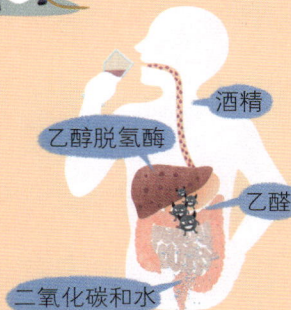

酒精

乙醇脱氢酶

乙醛

二氧化碳和水

古朗月行（节选）

〔唐〕李白

小时不识月，
呼作白玉盘。
又疑瑶台镜，
飞在青云端。

注释

朗月行：乐府诗中原有的题目。
呼作：叫作。
白玉盘：白玉做的盘子。
疑：怀疑。
瑶台：传说中神仙居住的地方。

我小时候不认识月亮，
把它叫作白色的玉盘。
又怀疑它是瑶台仙宫的镜子，
在夜空青云之间飞翔。

诗词背后的故事

李白是我国历史上最伟大的浪漫主义诗人，有"诗仙"的美誉。从这首《古朗月行》来看，我们见识到了李白非凡的想象力和浪漫脱俗的写作风格，"诗仙"称号的确名不虚传。这里节选的是整首诗的前四句，诗人从孩子的眼光和传说的角度写月亮，既浅显形象，又充满奇幻色彩，让人心生向往。

但这首诗不仅仅是咏月之作，而且是创作于唐玄宗天宝末年安史之乱前，当时奸臣当道，宦官当权，边将擅权，朝廷一片黑暗，唐玄宗却沉迷享乐，毫无作为，李白作此诗就是为了讽刺这一局面。

神秘的月球

月球，俗称月亮。从地球望过去，月球是散发白光的球体。古时候人们不知道月亮是个球体，他们以为月亮是个圆饼，而小时候的李白，就把月亮叫作白色的玉盘。那么月球到底是什么样子的呢？

1 月球长什么样？

夜晚的月亮格外皎洁，给我们带来光亮。实际上月球自身并不发光，它是个灰色的大圆球，月球发光是因为反射了太阳光，所以才呈现出我们看到的光芒。

那么月球真的只有一个白玉盘那么大吗？当然不是了，月球平均半径约为1738千米，是一个巨大的球体，但月球与地球的平均距离约38.44万千米，我们在地球上看月球时，根据近大远小的视觉规律，月球自然就像一个盘子了！

陨石坑

月球表面有很多坑坑洼洼的地方，是陨石撞击月球而形成的环形的凹坑，叫作陨石坑。

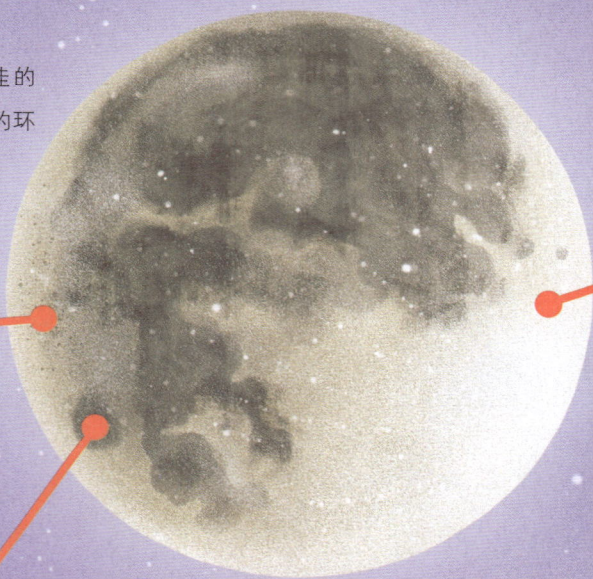

月陆

月球表面地势较高的地方看起来比"月海"明亮，叫作"月陆"。

月海

我们在观察月亮时，常常看到上面有些地方比较暗，这些暗处叫作"月海"，但其实上面并没有海。

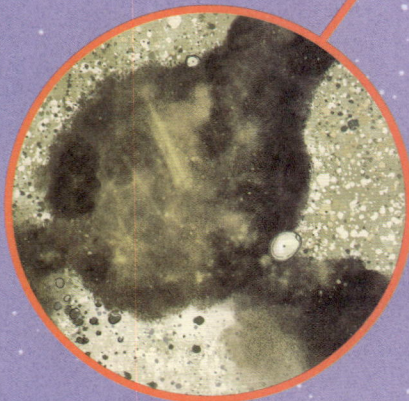

2 月球上能住人吗？

相信你一定听过嫦娥奔月的故事吧，但实际上月球的生存环境非常恶劣，上面既没有人居住，也没有其他生物生存。

①跟地球一样，月球也有白天和黑夜，只不过月球的一个昼夜长达 27.32166 天，大约是地球上的 4 个星期。

②月球的昼夜温差非常大，白天能达到 130℃，夜晚则降至 -180℃。

③月球上没有流动的水，所以没有云，也不会下雨。

④因为没有空气，所以月球像开启静音模式一样，听不到任何声音，也不会刮风。

科学加油站

● 你听过"天狗食日"的民间传说吗？古时候人们不知道日食现象，还以为太阳被天狗吃掉了。其实日食是一种天文现象，当月球运动到太阳和地球中间时，会挡住太阳射向地球的光线，从地球的方向望去，就看到太阳一点一点地消失了。日食现象发生时，地球、月球、太阳正好处在同一条直线上。

太阳　　月球　地球

早发白帝城

[唐] 李白

朝辞白帝彩云间，

千里江陵一日还。

两岸猿声啼不住，

轻舟已过万重山。

注释

发：启程。

白帝城：古城名，在今重庆市奉节县东白帝山上。

彩云间：因白帝城在白帝山上，地势较高，从山下江中仰望，它仿佛耸入云间。

江陵：地名，今湖北省江陵县，古时相传距白帝城一千二百里。

住：停息。

万重山：层层叠叠的山，指有许多山。

译文

清晨我告别了彩云缭绕的白帝城，
只需要一天就能回到千里之外的江陵。
两岸猿猴叫声还在我耳边回荡，
不知不觉轻快的小船已经驶过了许多青山。

诗词背后的故事

公元 759 年，李白被流放夜郎（今贵州境内），经过 15 个月的长途跋涉到达白帝城时，突然传来大赦的消息，李白满怀对生活的憧憬乘船顺流而归，写下这首诗，抒发了重获自由的欢愉和喜悦之情。

一般在诗词中提到猿猴的啸声，都会伴随着凄凉、愁苦的心境，而李白此时却从这叫声中听出了几分热闹，顺风顺水的轻舟很快就把这喧嚣的猿叫声甩在了身后，让获得自由后的激动与轻松感跃然纸上。

听声音

我们会用声音来分辨各种事物，也会通过对话来明白别人表达的意思，这个世界充满了声音，那么你知道声音是如何产生的吗？

1. 人是这样听见声音的

声是一种波，是由物体振动产生的。无论人们说话、奏响乐器、大气放电、昆虫鸣叫，都是物体产生振动在空气中形成波动，并向远处传播，声音也就传开了。

这些外界的声音可以通过空气、固体、液体传播，传到我们的耳朵里，令我们的内耳膜振动，我们就会听见声音。

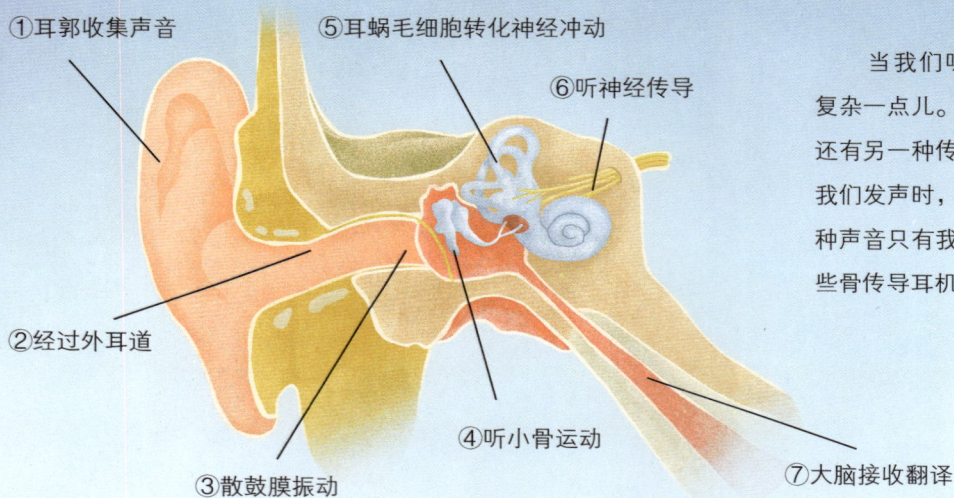

①耳郭收集声音
⑤耳蜗毛细胞转化神经冲动
⑥听神经传导
②经过外耳道
④听小骨运动
③散鼓膜振动
⑦大脑接收翻译

当我们听自己的声音时，情况会复杂一点儿。声音除了在空气中传播，还有另一种传播方式——头骨传播。当我们发声时，声音会通过头骨传播，这种声音只有我们自己能听见。这也是一些骨传导耳机的发声原理。

飞机起飞时的声音约 120 分贝

计量声音强度相对大小的单位是分贝（dB），这是以亚历山大·贝尔的名字命名的。0 分贝是人耳能听到的最低的声音。

正常对话的声音约 60 分贝

悄悄话的声音约 20 分贝

货车发出的声音约 80 分贝

2 声音的传播

帮助声音传播的就是介质，介质可以是空气、固体、液体。

①在空气中传播。这是声音传播速度比较慢的一种方式，但是我们听到的声音，正常情况都是在空气中传播。

宇航员在太空中说话，互相能听到吗？

由于声音的传播需要能产生和传播振动的物质，但是宇宙中没有任何物质，所以声音不能在真空环境中传播。

声音在空气中的传播速度约是 340 米 / 秒

声音在铁中的传播速度约是 5200 米 / 秒

火箭发射的声音约 200 分贝

②在固体中传播。声音在固体中传播的速度要比在空气和液体中快。

科学加油站

● 蝙蝠在夜晚飞行能看到路吗？

蝙蝠会发出超声波，当超声波遇到物体时就会反射回来，被蝙蝠接收到，所以蝙蝠在夜里飞行可以"看"到路。

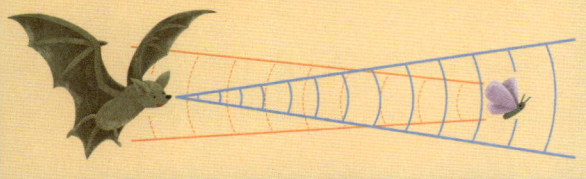

声音在海水中的传播速度约是 1500 米 / 秒

③在液体中传播。声音在水中的传播速度比在空气中快了约 4 倍。由于水中的视野不是很好，一些水中的动物是通过回声来捕猎的。人类也学会了使用回声设备（声呐）探测海底。

望天门山

[唐] 李白

天门中断楚江开，
碧水东流至此回。
两岸青山相对出，
孤帆一片日边来。

注释

天门山：今安徽东梁山与西梁山的合称。
楚江：长江。
回：回旋，回转。
相对出：相对出现。
日边：指天水相接处。

译文

天门山被长江从中间断开，
碧绿的江水一路向东奔流，到此处激起回旋。
两岸的青山隔着长江相峙而立，
江面上有一只孤舟从天水相接处缓缓驶来。

诗词背后的故事

天门山位于安徽省当涂县与和县之间，耸立于长江两岸，在江北的叫西梁山，在江南的叫东梁山。两山隔江对峙，形同天设的门户，所以叫"天门"。这首诗是唐朝开元十三年，李白乘舟从巴蜀出发去江东，初次见到天门山时有感而作的。

李白以山水为题材的诗很多，多写得场面宏大、瑰奇壮丽。这首诗紧扣一个"望"字，形象地描绘了天门山夹江对峙的特点。诗中有山有水，景致有远有近，犹如一幅壮丽的山水画卷。"碧水东流"更是点出了河流向东奔腾的特点，那么河流的流向跟哪些因素有关系呢？

大河向东流

诗中说"碧水东流至此回",我们也常说"大江东去",为什么江河会流向东边呢?流水之所以向东,跟我国西高东低的整体地势有关。长江和黄河都发源于西部的青藏高原,自然会顺着地势流向东方了。而除了地势外,诗中的"两岸青山相对出"也揭示了青山、江水与船的相对运动,让我们对自然界的动与静又有了新的认知。

1 由高到低的地势

我国整体的地势是西高东低,大致呈三级阶梯状分布。

第一级阶梯主要在"世界屋脊"青藏高原一带,平均海拔 4000 米以上;第二级阶梯既有高原又有盆地,海拔下降到 1000~2000 米;第三级阶梯在我国东部,主要是丘陵和平原分布区,大部分地区的海拔在 500 米以下。

在阶梯交界处,因为落差大,河流会产生巨大的水能。我国的很多大型水电站都建设在这些地带。

①第一级阶梯包括青藏高原、柴达木盆地等,占我国国土的 1/4 左右。

科学加油站

● 俗话说"水往低处流",虽然我国的整体地势是西高东低,向东流是大多数河流的自然走向,但也有些地区的地势东高西低,发源于此的河流自然就向西流去了。如位于新疆北部的额尔齐斯河,位于新疆西部的伊犁河,还有位于甘肃、陕西北部河西走廊的疏勒河,它们都是自东向西流的河流。

一、二级阶梯分界线:昆仑山脉—阿尔金山脉—祁连山脉—横断山脉。

②第二级阶梯包括内蒙古高原、黄土高原、云贵高原三大高原和准噶尔盆地、四川盆地、塔里木盆地三大盆地。

2 运动的相对性

诗人李白并不是站在岸上遥望天门山的，而是乘坐小船顺流而下驶向天门山。以小船为参照物，原本静止不动的青山仿佛迎面而来；而以青山为参照物，小船又随江水奔腾向前。所以对于同一个物体，由于选取的参照物不同，我们可以说它是运动的，也可以说它是静止的，这就是物理学中所说的"运动的相对性"。

物体的相对运动

①以船为参照点，青山是相对运动的。

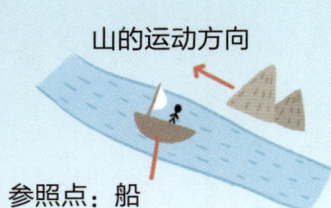

山的运动方向

参照点：船

②以青山为参照点，船是相对运动的。

参照点：山

船的运动方向

③诗人乘船顺流而下时，人与船和水流的相对位置不变，所以人是相对静止的。

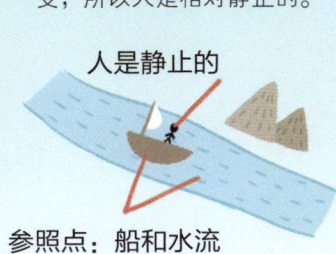

人是静止的

参照点：船和水流

西高东低的地势容易使东部潮湿的气流进入西部内陆地区，为我国广大地区带来大量降水。

二、三级阶梯分界线：大兴安岭—太行山脉—巫山—雪峰山。

③第三级阶梯包括辽东丘陵、山东丘陵、东南丘陵和东北平原、华北平原、长江中下游平原。从第三级阶梯继续往东，自然延伸到海洋中。

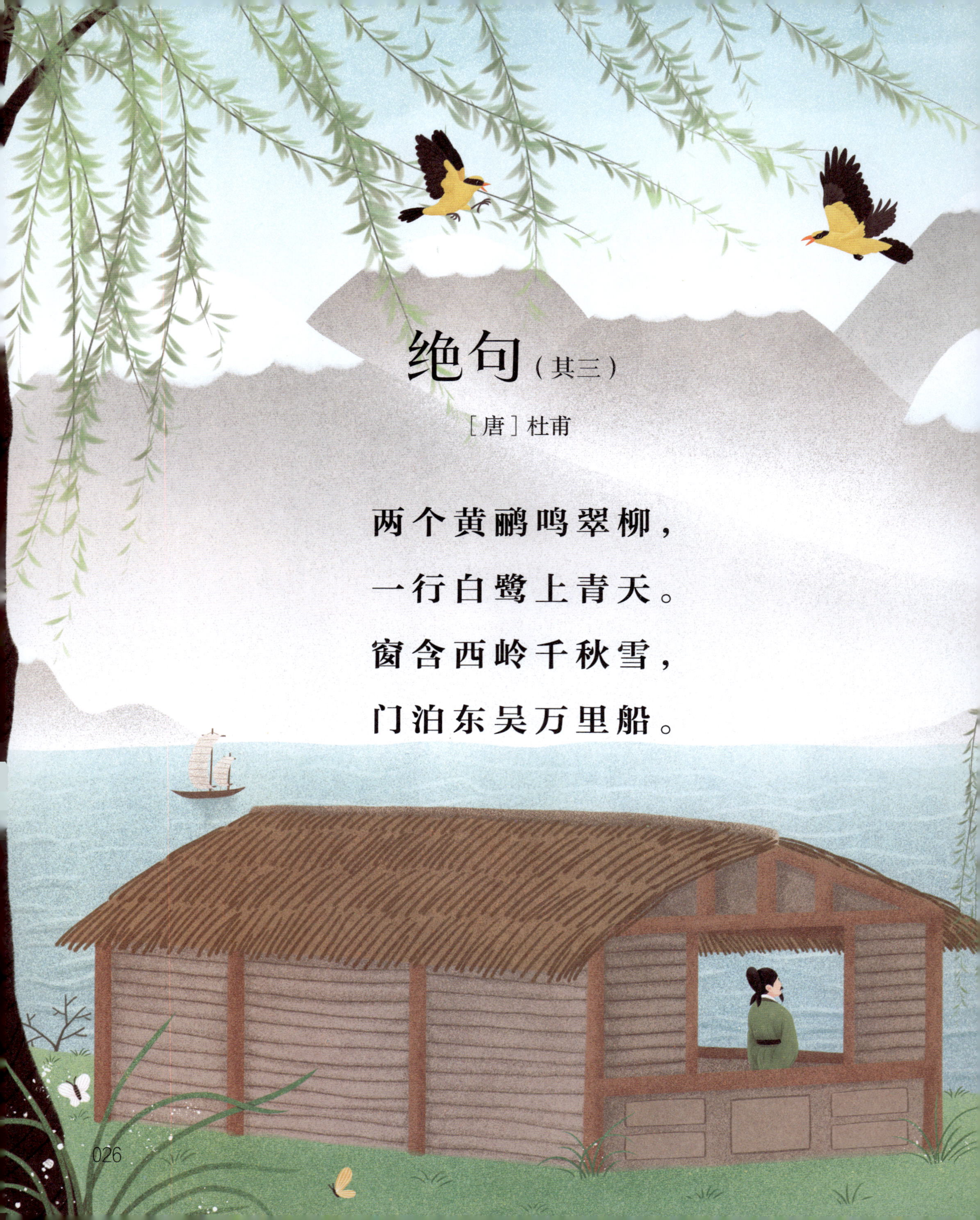

绝句（其三）

［唐］杜甫

两个黄鹂鸣翠柳，
一行白鹭上青天。
窗含西岭千秋雪，
门泊东吴万里船。

注释

含：容纳，包含。
西岭：指岷山，在成都西南。
千秋雪：指西岭山上千年不化的积雪。
东吴：古地名，在今江浙一带。
万里船：不远万里开来的船只。

译文

两只黄鹂在翠绿的柳树间婉转地歌唱，
一队整齐的白鹭直冲向蔚蓝的天空。
透过窗户可以望见西岭上堆积着终年不化的积雪，
门前停泊着从东吴远行而来的船只。

诗词背后的故事

　　这首诗是杜甫在成都浣花溪草堂闲居时写的，描写了草堂门前浣花溪的春景。天朗气清的一天，浣花溪一片鸟语花香，生机盎然，诗人先看到堂前的黄鹂在翠柳间歌唱，又远望到一行整齐的白鹭飞上青天，看起来心情非常闲适。但是杜甫又看到了从东吴远行而来的船只，心中怕是又泛起了乡愁。安史之乱后，杜甫在外漂泊了两年，历尽千辛万苦才在成都的浣花溪草堂安顿下来，虽然此地闲适惬意，但终究不是杜甫的故乡啊！

下雪天

在寒冷的地方，一到冬天，天空中不时就会飘落晶莹的雪花。雪花是由冰晶形成的，当温度低于冰点时，云中的水汽会形成结晶状的冰，飘落到地面就成了雪花。

1 终年不化的积雪

诗中的西岭堆积着终年不化的积雪，像戴着一顶"白帽子"。除了西岭外，世界上还有很多高山也是终年积雪，即使是在炎热的夏天也不消失，如世界第一峰珠穆朗玛峰、非洲的乞力马扎罗山等。

为什么高山上那么冷呢？因为山越高，空气就越稀薄，太阳辐射的热量越容易散失。大约每升高 100 米，气温要下降 0.6℃左右，所以到了一定高度，气温就会降到 0 ℃以下，这样的高度冰雪就会终年不化。这个高度的界线，叫作雪线。雪线的位置不是一直不变的，季节变化就能引起雪线的升降，夏季气温较高，雪线上升，冬季气温降低，雪线下降。

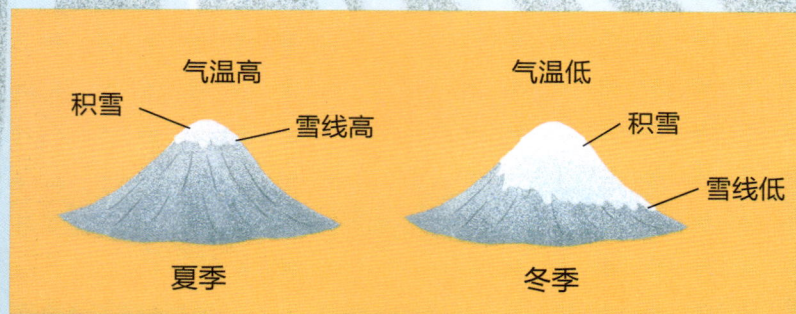

气温高　　　　　　　　气温低

积雪　　雪线高　　　　　　积雪

　　　　　　　　　　　　雪线低

夏季　　　　　　　　　冬季

2 雪花的奥秘

你知道大部分的雪花是六角形的吗？雪花的结晶特性属于六方晶系，对于六角形片状冰晶来说，由于它面上、边上和角上的曲率不同，相应地具有不同的饱和水汽压，再加上它所处的温度和湿度条件也不断变化，这样就使得雪花的形状和大小各有不同。也就是说，没有两片雪花的形状是一模一样的，每一片都是独一无二的！

3 水的三种状态

固态的雪、液态的水和气态的水蒸气，是水的三种状态，它的形态会随着温度的变化而改变。

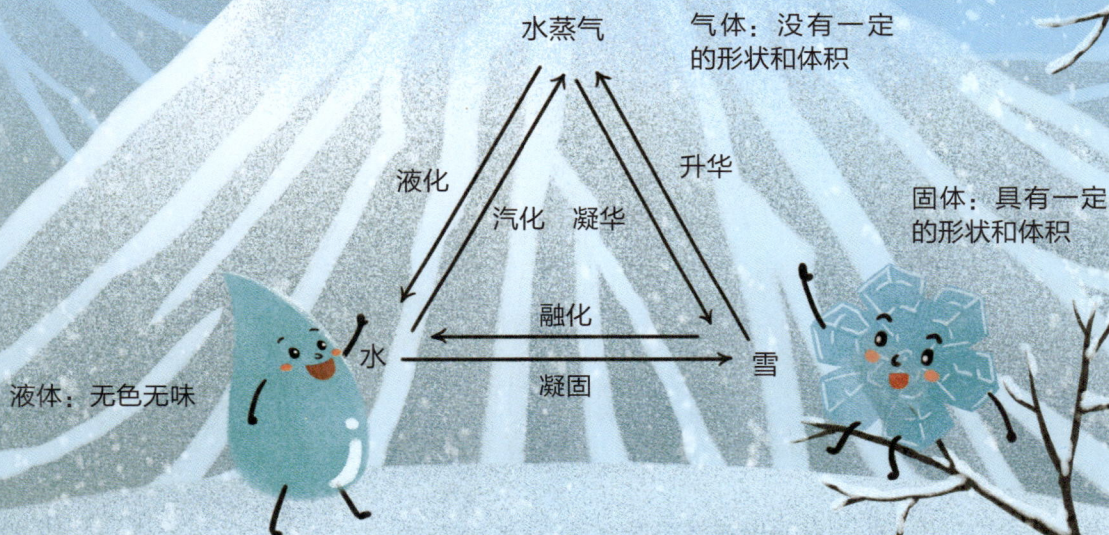

水蒸气

气体：没有一定的形状和体积

液化　　　升华

汽化　凝华

固体：具有一定的形状和体积

融化

水　　　　　　　　　　　　雪

凝固

液体：无色无味

科学加油站

● 南极就是地球的最南端，它是地球上冰雪覆盖面积最大的大洲。整个南极大陆被一个巨大的冰盖所覆盖，温度最低可降至约零下 93.2℃，而且经常有风力高达 12 级的暴风雪在这片大陆上肆虐。尽管如此，还是有很多动物在这块寒冷的大陆上"安家落户"，比如憨厚可爱的企鹅家族，它们就在这里生活得其乐融融。

池上二绝（其二）

[唐]白居易

小娃撑小艇，

偷采白莲回。

不解藏踪迹，

浮萍一道开。

注 释

小娃：小孩。

艇：船。

白莲：白色的莲花。

不解：不知道。

踪迹：指小船划开浮萍留下的痕迹。

浮萍：水生植物，椭圆形的叶子漂浮在水面上。

一个小孩撑着小船，
偷偷地采了白莲回来。
他不知道怎样掩藏自己的行踪，
水面的浮萍上留下了一道小船划过的痕迹。

诗词背后的故事

　　白居易是唐代现实主义诗人，与李白充满浪漫主义的诗歌不同，白居易的诗歌语言平易通俗，写实性突出。大和九年（835年），时任太子少傅的白居易生活在东都洛阳。一天，白居易在池边畅游，看见山僧下棋、小娃撑船偷采白莲的场景，觉得十分有趣，便作了《池上二绝》五言绝句组诗，第一首描写的是山僧对弈，这是第二首，描写小孩偷采白莲之景。白居易以他特有的通俗风格将诗中偷采白莲的小孩描写得极其可爱，令人忍俊不禁。

神奇的浮力

为什么小船可以漂浮在水面？为什么气球能飞上天？为什么潜水艇能下潜入深海中？其实，这都是因为它们借助了浮力。

1 什么是浮力？

小船是如何借助浮力的呢？原来，小船进入水中的时候，它的各个侧面会受到水的横向作用力。只不过船前后、左右所受到的两组压力大小相等，方向相反，就相互抵消了，只剩下船底所受的向上的力，这个力就是浮力。当船身的重量与其所受浮力相等时，船就会浮在水面上。

船越大，吃水越深，意味着船所排开水的重力越大，所受的浮力也越大，这样就能装载更多的东西了。

小船所受的浮力等于它排开水的重力。

小船

大船

2 浮力与重力

公元前 245 年，古希腊科学家阿基米德发现了浮力原理，就是液体中的物体所受的浮力等于它排开的液体的重力。其实不光是液体，气体也适用于这个原理。

潜水艇靠改变自身的重量而实现上浮、下潜或停留在水中。当它需要下潜时，要向压载舱内注水并装载重物，使船的重量大于浮力。当潜水艇需要上浮时，要将压载舱中的水排出并卸掉重物，使浮力大于船的重量。

潜水艇

我们一松开手，气球就会飘向空中，这是因为气球里的氦气比充气时排开的空气质量小，此时气球受到的浮力是大于重力的，所以能飘在空中。

气球受到的浮力大于它自身的重力时，就会上升。

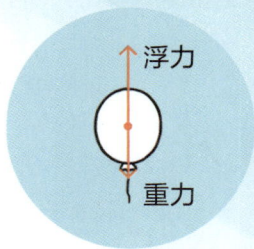

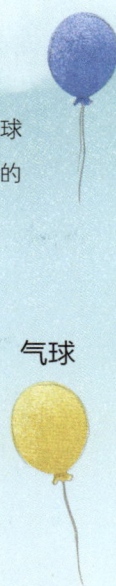

浮力

重力

气球

救生圈做成空心的就是为了减小自身的重量，这样能以最小的重力排开最多的水，当它在水中排开水的重力等于自身的重力时，就能在水中漂浮了。

浮力

重力

救生圈

救生圈受到的浮力等于它自身的重力时，就会漂浮。

潜水艇受到的浮力小于它自身的重力时，就会下沉。

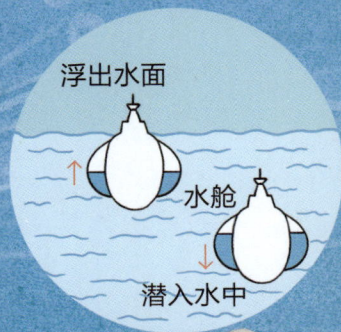

浮出水面

水舱

潜入水中

科学加油站

● 热气球是利用加热的空气或氦气的密度小于气球外的空气密度以产生浮力飞行的。以前，氢气是世界上已知密度最小的气体，因此人们把氢气充入气球，然后乘坐气球在天空中飞行。但氢气是易燃易爆气体，氢气球一旦操作不慎就会爆炸。后来，人们发现了另一种密度也比空气小的气体——氦气。氦气是惰性气体，即使用火去点也不燃烧，所以人们逐渐用氦气球取代了氢气球。

忆江南

[唐]白居易

江南好，

风景旧曾谙。

日出江花红胜火，

春来江水绿如蓝。

能不忆江南？

注释

谙：熟悉。作者年轻时曾三次到过江南。

江花：江边的花朵。一说指江中泛起的浪花。

红胜火：颜色鲜红胜过火焰。

绿如蓝：比蓝草还要绿。如，用法犹"于"，有胜过的意思。蓝，蓼蓝，草本植物，叶子可制成青绿染料。

译文

江南是个好地方，

那里的风景我以前就非常熟悉。

太阳出来时，把江边的鲜花照得比火还红艳，

春天来到了，江水绿得胜过蓝草。

叫人怎能不怀念江南呢？

诗词背后的故事

忆江南是词牌名，又名"江南好""梦江南"。白居易怀念江南时共写下三首《忆江南》，这是其中的第一首。

白居易青年时期曾漫游江南，在苏杭住了几年，对江南有着相当的了解，又先后担任过杭州刺史、苏州刺史，因此江南在他的心目中留有深刻印象。他因病卸任苏州刺史回到洛阳，在 67 岁时创作了三首《忆江南》，可见他对江南胜景难以忘怀，心中充满了回忆。

大自然中的染料

诗中"绿如蓝"中的"蓝"不是蓝色哟，它其实是一种叫作蓼蓝的植物，可以用来制作靛蓝色染料。在古代，人们常常会采集这些植物染料进行加工，染到织物上，就形成一匹匹颜色各异的布，再做成一件件美丽的衣裳。

1 认识植物染料

植物染料有很多种，除了蓼蓝外，还有红花、栀子、槐树等，它们的汁液颜色不尽相同，制出来的染料更是颜色各异。

槐花还未开放时叫槐蕊。将采摘下的槐蕊加水煮开，加入明矾或者青矾能更好地提取出黄色色素，就能制成黄色染料。

蓼蓝的叶片能提取出靛蓝。蓼蓝、菘蓝、马蓝、木蓝、苋蓝等蓝草都能制成靛蓝色染料。

栀子果实中含有一种叫"藏花酸"的黄色素，先将它在冷水中浸泡，再煎煮一会儿，就能制成黄色染料。

红花是红色植物染料中色光最为鲜明的一种，能提取出大红色。

2 一起来染色

了解了那么多植物染料后，你想染哪一种颜色呢？下面以蓼蓝为例，看看它是如何一步步变成染料，又是如何把布料染成蓝色的吧！制作靛蓝染料需要用到一个神奇的东西，那就是石灰，它是一种媒染剂。因为有些染料的色素不能直接在织物上着色，而有些物质能帮助这些色素附着在织物上，比如石灰、明矾、草木灰，还有我们常喝的豆浆等，这些都是常用的媒染剂。

媒染剂

明矾	草木灰	石灰	食醋	梅汁	豆浆

①7—8月，摘取新鲜的蓼蓝叶片，放进缸里，用石块压实，用水浸泡3~4天。

②捞出蓼蓝叶渣，留下蓝色的汁液。

③按1:200的比例加入石灰，搅拌几十下，石灰蓼蓝水就会凝结成靛蓝。

④静置一会儿，让靛蓝自然沉底，再舀出上面的水。

⑤取一些制好的靛蓝染料，加入适量清水，搅拌均匀。

⑥放入一块布料，拿一根小棍子不停地搅动，布料就染上了蓝色，浸泡30分钟后捞出。

⑦在冷水中反复漂洗，直到不掉色为止，取出晾干。这样就制作好一块蓝色布料啦！

科学加油站

● 想一想，植物染料为什么能呈现如此缤纷多彩的颜色呢？其实，这都是太阳光的功劳。

植物染料本身是没有颜色的，我们通常看到的物体颜色实质上是物体反射的光在我们大脑中的反映。我们都知道太阳光是一种七色光，当它照在红色染料上的时候，染料表面吸收了太阳的其他光，而将红光反射了出来，被我们的眼睛和大脑感知以后就识别为红色啦！

光源
眼睛　大脑
彩色物体

光 → 物体 → 人眼 → 大脑中枢

037

元日

[宋] 王安石

爆竹声中一岁除，
春风送暖入屠苏。
千门万户曈曈日，
总把新桃换旧符。

注 释

元日：指农历正月初一。

屠苏：指屠苏酒，古代过年有饮屠苏酒的风俗，以驱邪避瘟疫，求健康长寿。

曈曈：日出时光亮而温暖的样子。

新桃换旧符：用新桃符换下旧桃符。桃符用桃木制成，上面绘有神像，据说挂在门上可以求福避祸。

译 文

在噼噼啪啪的爆竹声中，送走了旧年，迎来了新年，
人们饮美味的屠苏酒时，又有和暖的春风扑面而来。
新的一年，初升的太阳照亮家家户户，
人们取下了旧桃符，换上新桃符，迎接新春。

诗词背后的故事

    王安石是北宋杰出的思想家、文学家，是唐宋八大家之一，更是一名政治家、改革家，曾在宋神宗时期任宰相一职。他的文章具有很强的逻辑性，注重实用性，在文、诗、词方面都有卓越成就。

    元日，就是春节。在这一天，人们会通过燃放爆竹、喝屠苏酒、换桃符来迎接新的一年，诗中也充分表现出过年的欢乐气氛，富有浓厚的生活气息。诗人王安石就是看着这热闹的景象，展望了对新一年的期待，把当时的情态通过这首诗记录下来，流传千载。

焰火绚烂

远古时代的人类就学会了钻木取火，从此可以随意掌控火焰来烹煮食物、取暖驱兽，这在人类的文明发展史上有重要的意义。

1 生活中的火焰

远古时期，人类祖先茹毛饮血，这种生活习惯让当时的人们寿命很短。后来，在森林大火中，人们找到了熟透的食物，由此开始食用熟食。火焰制造的高温杀灭了食物中的细菌和寄生虫，火焰还带给人们抗寒的能力，这让人类的寿命大大延长。

燃烧的三个条件

燃点（高于着火点的温度）

空气中的氧气

可燃物

火焰赋予了人类在夜晚中视物的能力。拿着最简陋的火把，人们也在不断研究如何使夜晚更明亮，燃烧的东西更持久。后来，人们就发明了照明用的蜡烛，它比火把燃烧得更久，使用也更方便。

早在西汉时，就已经出现蜡烛了，当时蜡烛的主要原料是动物油脂。现在的蜡烛原料是石蜡，是从石油中提炼出来的。点燃烛芯后，固体石蜡受热熔化成液体。液态石蜡沿烛芯爬到顶部汽化，生成石蜡蒸气，石蜡蒸气是可燃的，这样蜡烛就可以持续燃烧了。

2 奇特的爆竹、烟花

烟花和爆竹是我国自古以来不可缺少的过节元素。而烟花能发出不同颜色的亮光，也是由燃烧开始的。

丹凤呈祥龙献瑞

红桃贺岁杏迎春

福 福

爆竹中的火药由木炭、硫黄和硝石组成，燃烧后，火药遇到空气会受热膨胀，发出巨大的声响。

烟花的成分和爆竹相似，不过它还加入了一些发光剂和发色剂制成的光珠。这些光珠是由不同的金属粉末制成的。当烟花升天，光珠也会燃烧并四散开来，在夜空中绽放出绚丽的烟花。

科学加油站

● 火焰颜色：

中间一圈火焰有很多碳粒燃烧，温度更高（红色或白色）

最内圈火焰是最暗的蜡烛蒸气，温度最低

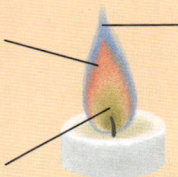

最外层火焰接触空气燃烧充分，温度最高（由于面积小，几乎看不到蓝色）

蜡烛的火焰

红色的火焰温度低于500℃

淡黄色的火焰温度为500~1000℃

蓝色的火焰温度在1000℃以上

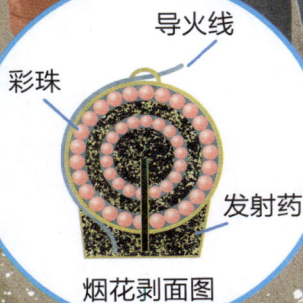

燃气灶的火焰

导火线

彩珠

发射药

烟花剥面图

041

题西林壁

[宋] 苏轼

横看成岭侧成峰，

远近高低各不同。

不识庐山真面目，

只缘身在此山中。

注 释

西林：指西林寺，在今江西庐山脚下。
识：认清。
缘：因为，由于。

译 文

庐山从正面看是起伏的山岭，从侧面
看是耸立的山峰，
从远、近、高、低各个角度看又都不同。
之所以不能认清庐山真正的面目，
是因为观山的人正身处庐山之中。

诗词背后的故事

　　公元 1084 年的一天，诗人苏轼由黄州贬赴汝州任团练副使的途中经过九江，和他的好朋友参寥一起游览了庐山。当他不断移动位置，从远处、近处、高处、低处等不同角度观察庐山面貌时，便被这庐山变幻多姿的风貌所震撼，瑰丽的山水也触动了诗人的逸兴壮思，于是在西林寺的墙壁写下了这首庐山记游诗，而且将"当局者迷，旁观者清"的哲理寓于具体的形象之中。那么这层恋起伏的山峰是如何形成的呢？

地壳运动

地球的外圈是一个岩石圈，由许多岩石板块组成，这让地球表面看起来像是一个圆形的立体拼图。这些板块一直缓慢移动，互相撞击、摩擦，形成不同的地貌。

1 移动的板块

板块碰撞——挤压

大陆板块和大陆板块互相碰撞的地带，会挤压出褶皱山脉。

大陆板块和大洋板块互相碰撞的地带，会有一侧被挤压到下层，隆起的部分形成岛弧，交汇的地方形成海沟。

板块背离——张裂

大陆板块和大陆板块背离张裂会形成裂谷，熔岩从裂缝中涌出，在裂谷两侧形成高原。

大洋板块和大洋板块背离张裂，因为熔岩喷出冷却会形成海底山脉（海岭），有些海底山脉会露出水面，就变成了岛屿。

板块滑移——错动

大陆板块互相错动会形成断层，这种地形上会形成断块山。

2 庐山的形成

历来庐山都以雄、奇、险、秀为大家所知，其中悬崖、飞瀑，处处让人惊叹。

庐山的地貌景观为何如此奇特呢？因为它由三种地貌景观叠加而成。

科学加油站

● 组成地球岩石圈的三种岩石：

①沉积岩

经过冰川、风力、河水侵蚀，风化成细小的碎屑，再经过外力拌匀至海底、河床后堆积，就成为了沉积岩。页岩、砂岩和石灰岩都属于沉积岩。

②岩浆岩

地底的岩浆喷出地表，再经过冷却、凝固形成了岩浆岩。它有非常明显的矿物晶体颗粒或气孔。

③变质岩

沉积岩和岩浆岩受到地球内部高温和压力导致变质，使岩石的物理和化学性质改变，产生的岩石就是变质岩。

②断块山构造

庐山是断块山构造，由于断层影响，它经历了一系列地质变化产生变质岩，使其山崖陡峭、边缘平直。

①冰蚀地貌

第四纪冰川时期，冰川在庐山中的刨蚀作用特别强烈，会产生向下挖掘和向两边磨蚀的作用，造就了冰斗、冰窖、U形谷等奇特地形。

③流水地貌

在冰后期，庐山的冰川消退，降水充沛，流水继续侵蚀着冰川改造过的地形，形成了上宽下窄的V形谷。

庐山

构造：断块山

地质类型：变质岩

地形：冰斗、冰窖、U形谷

入选世界地质公园：2004年

闲居初夏午睡起（其一）

［宋］杨万里

梅子留酸软齿牙，
芭蕉分绿与窗纱。
日长睡起无情思，
闲看儿童捉柳花。

注释

梅子：梅树的果实，一种味道极酸的水果。
与：给予。
思：意，情绪。
柳花：柳絮，即柳树的种子，上面有白色茸毛，
随风飞散如飘絮，所以称柳絮。

译文

吃过梅子之后，余酸还残留在牙齿之间，
在芭蕉的映衬下，纱窗也染上了几分绿色。
日渐渐长了，睡醒后却不知道做什么好，
闲着无事只好观看儿童戏捉空中飘飞的柳絮了。

诗词背后的故事

　　杨万里是南宋著名诗人，与陆游、尤袤、范成大并称为"中兴四大家"。杨万里是个高产的诗人，他一生作诗两万多首，传世作品有四千二百首，被誉为"一代诗宗"。

　　这首诗是宋孝宗乾道二年（1166年），杨万里在家闲居时所写。当时正值宋金交战之时，主战派领袖张浚被罢去相位，主和派占了上风，宋孝宗向金人赔款割地，与金主以叔侄相称，激起了无数爱国志士的愤慨。但回到此诗中，诗人着力渲染的却是一种闲暇自适的气氛，可见面对这种国家耻辱，诗人空有一腔热血却报国无门，深感无力，只好无所事事地观看儿童嬉戏了。

梅子的酸

　　5—7月是梅子成熟的季节，这时正值长江中下游地区的梅雨季，从5月下旬开始，梅子就陆续上市了。梅子是高酸类水果，吃梅子不仅生津止渴，也有助于消化，但应注意别吃多了，否则就会像诗人杨万里那样"软齿牙"！

1 酸到牙齿变软

　　为什么吃完梅子会觉得牙齿酸软呢？前面我们说到梅子是高酸类水果，梅子里含有很多有机酸，如酒石酸、单宁酸、苹果酸等。当我们咬梅肉时，梅子的果汁便会跟口腔里的牙齿相接触，牙齿的最外面一层叫牙釉质，牙釉质包裹着牙本质和牙髓等。牙釉质如果有磨损或者牙龈萎缩，酸酸的梅汁就会接触到牙本质，而牙本质布满小管，里面有无数的神经末梢，梅汁刺激神经就会让我们的牙齿产生酸软的感觉。

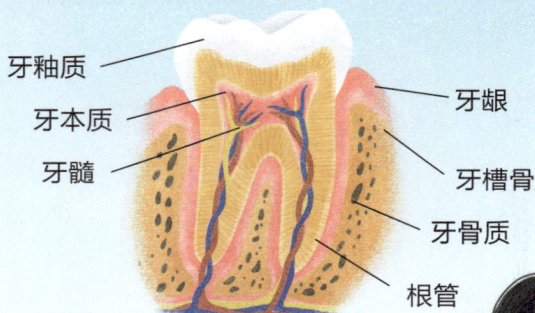

牙齿构造

牙釉质
牙本质
牙髓
牙龈
牙槽骨
牙骨质
根管

2 判断酸和碱

　　梅汁是酸性溶液，这是怎么判断出来的？是因为梅子吃起来是酸的吗？其实溶液的酸碱性并不是通过味道来判断的，我们需要一种能检测溶液酸碱性质的东西来帮忙，那就是酸碱指示剂。通过指示剂呈现出来的颜色就能判断溶液是酸性还是碱性的，紫色石蕊试液和酚酞溶液都是常见的酸碱指示剂，紫色石蕊试液遇酸变红，遇碱会变蓝；而酚酞溶液遇酸不变色，遇碱会变红。下面我们通过实验来看看吧！

酸性溶液

食醋

碳酸饮料

洁厕灵

柠檬汁

梅汁

碱性溶液

肥皂水

洗衣液

漂白剂

洗发水

石灰水

梅汁

　　将紫色石蕊试液滴入梅汁溶液中，就会发现溶液变成了红色，说明梅汁是酸性的。

梅汁

　　将酚酞溶液滴入梅汁溶液中，发现溶液没变色，说明梅汁是酸性的。

酚酞溶液

紫色石蕊试液

　　将梅汁换成肥皂水，将紫色石蕊试液滴入溶液中，会发现溶液变成了蓝色。

肥皂水

肥皂水

　　将酚酞溶液滴入肥皂水中，会发现溶液变成了红色，说明溶液是碱性的。

科学加油站

● 向大气中排放大量的酸性物质，就会让雨水呈现出较强的酸性，我们把这种雨叫作酸雨。酸雨落到地面上，会损害植物的叶子，使其失去养分而枯萎，还会污染湖泊和河流，伤害水里的鱼类和其他生物。

观书有感（其一）

[宋] 朱熹

半亩方塘一鉴开，

天光云影共徘徊。

问渠那得清如许？

为有源头活水来。

注 释

鉴：镜子。

渠：指方塘之水。

那：疑问代词，怎么。后作"哪"。

许：这样，如此。

为：因为。

译 文

半亩大的方形池塘像一面镜子一样展现在眼前，
阳光和云影在水面上闪烁浮动。
要问池塘的水为什么会这样清澈？
是因为有永不枯竭的源头为它源源不断地输送活水。

诗词背后的故事

朱熹是一位善于思考的诗人，同时也是南宋著名的理学家、思想家、哲学家、教育家。他一生孜孜不倦地学习、兢兢业业地教学育人，还博览经史，写出了多部鸿篇巨著。他构筑了庞大的理学体系，和"二程（程颢、程颐）"合称"程朱学派"。

《观书有感》是朱熹作的组诗，一共有两首，通过深入观察各种自然现象，以景喻理。他在《观书有感（其一）》中通过对倒影、水流等的细致观察并思考，得出了寓意深刻的结论，告诫人们要不断进取，才能获得更多知识，使心灵更澄明。

光与影

在我们的生活中，"影"无处不在。无论是地面上被光线照射出来的影子，还是反光物上映衬出来的倒影，这些不真切的形象都被称为"影"。

1 光的反射

光有直进性。由于光线不会转弯，当它被物体挡住，无法穿透，物体后面就形成了影子。

光传播到物体表面被挡住时，就会发生光的反射。一般我们看到光的反射光线都是平行进行的，如果在特殊的角度下，所有的光线都进入我们的眼睛中，就会导致我们只能看到一团白光，而看不到物体。例如，马路边的大楼镶满玻璃，如果刚好走到特定位置，反射的光线就会很刺眼，这就是镜面反射。

如果光线照射到的物体表面粗糙，光线就会向四面八方发射，人眼就会看到物体，这叫作漫反射。而射到镜子中这种虚像反射出来的影像是左右相反的。

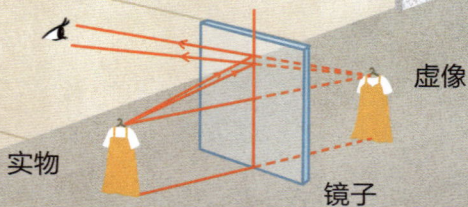

虚像

实物

镜子

一般表面光滑的物体都能反射光线，现代的镜子使用玻璃制成，表面平滑，那么，在没有玻璃的古代呢？古代的镜子使用黄铜制成，当把铜镜打磨得非常光滑，也可以清晰地照出人像。

2. 水面的倒影

平静的水面仿佛一面镜子，可以映照出水面外的情况。这是因为光线照射在水面时，遇到了阻碍，被反射的光线进入人的眼中，使我们看到岸边物体的倒影。而由于水面经常被风吹动，所以受光的反射影响，影子也会断裂、扭曲。

科学加油站

● 光不仅有反射性，还有折射性，就是光在穿透介质的时候，传播方向发生了改变。

当我们把物体放入水中，这种物体看起来就比平时要短，这就是光线折射造成的。

如果从侧面看，会看到这个物体接触水面的位置还像是变成了两段。

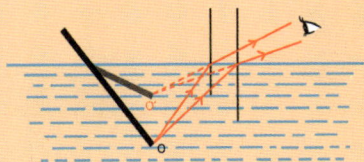

石灰吟

〔明〕于谦

千锤万凿出深山，

烈火焚烧若等闲。

粉骨碎身浑不怕，

要留清白在人间。

注 释

吟：古典诗歌的一种名称（古代诗歌的一种形式）。

千锤万凿：无数次的锤击、开凿，形容开采石灰非常艰难。千、万，虚词，形容很多。

若等闲：好像很平常的事情。

清白：指石灰洁白的本色，又比喻高尚的节操。

译 文

经过无数次的锤击、开凿从深山里开采出来的石灰石，

把熊熊烈火的焚烧当作一件很平常的事。

哪怕是粉身碎骨也毫不惧怕，

只为了把一身清白留在人世间。

诗词背后的故事

　　古人总会借着诗词表达自己的一些想法，这类的诗词就是托物言志诗。据说这首《石灰吟》就是诗人于谦在 12 岁时所作，他被石灰的制作过程所震撼，有感而发作此诗。诗中以石灰作比喻，表达诗人为国尽忠、不怕牺牲的意愿和坚守高洁情操的决心。诗人后来的人生也如这首诗一般，为官清廉、深受爱戴，一心做他认为对社稷有好处的事，不畏牺牲。诗人那博大的胸襟和不畏强权的品质通过诗词流传了下来，给人们以深刻的启迪。

千锤百炼的石灰

有一种富含碳酸钙的石头叫作石灰石，这是一种沉积岩，可以用来煅烧成石灰。石灰石一般呈青色或者黄白色，埋藏在地下的深度约半米到一米。

1. 石灰的锻造程序

我们说的石灰通常是生石灰。在石灰石上摆放一层煤饼，再放石灰石，这样交叠摆放后，点火煅烧到石灰石变脆，等到它风化成粉，就能得到白色的生石灰了。

②和煤饼层层混合煅烧

①开采出石灰石

③得到白色的生石灰

④风化成粉

如果从化学角度来看，这个反应就是把碳酸钙通过高温分解成氧化钙和二氧化碳。

$$CaCO_3 \xrightarrow{\text{高温}} CaO + CO_2 \uparrow$$

2 石灰的作用

①生石灰可以作为填料用在建筑方面，当作凝胶材料，用来修理船只、建蓄水池等。

②生石灰可以吸水，可以当作干燥剂使用。我们在食品包装、自热锅里经常会看到它，但是千万不能食用。

③在一些地方，人们会把有刺激性味道的石灰撒在屋外，用来驱蛇。

④熟石灰可以当作建筑涂料来使用，如果再加入水泥和沙石就可以当作砖瓦黏合剂。

⑤熟石灰也有杀菌防虫的作用，树木越冬前涂上它，就可以杀死害虫，还可以给树木保暖。

科学加油站

● 沿海地区的"特供石灰"是什么？

由于沿海地区很少会产生石灰石，人们就发明了用牡蛎壳代替石灰石制作石灰的方法。因为牡蛎壳的主要成分就是碳酸钙，当其加热到500℃以上时，就会分解成氧化钙，也就是生石灰。

用牡蛎壳制作石灰的方法像煅烧石灰石一样，把牡蛎壳和煤饼放在一起煅烧，就得到了蛎灰。人们不仅可以用这种蛎灰代替石灰修补船只，还可以修城墙、建桥梁、盖房屋呢！

科学词典

板块

地球的地壳并不是一块整体，而是分裂成许多块，这些大块的岩石称为板块。1968 年，萨维尔·勒皮雄将全球岩石圈划分为六大板块，分别是太平洋板块、欧亚板块、非洲板块、美洲板块、印澳板块和南极板块。其实，全球所有的板块都在移动，只不过发生的速度非常缓慢，人根本察觉不到。

氢氧化钙

氢氧化钙俗称熟石灰或消石灰，是一种白色粉末状固体，加入水后，可分为上下两层：上层水溶液称作澄清石灰水，可以检验二氧化碳；下层悬浊液称作石灰乳或石灰浆，是一种常见的建筑材料。

光的反射

光传播到不同物质时，在分界面上改变传播方向又返回原来物质中的现象叫作反射。光在光滑表面发生的反射叫镜面反射，镜面反射让我们看不清物体，因为反射的平行光线都进到眼睛里，非常刺眼。相反，光在粗糙表面发生的反射叫漫反射，反射后的光线四散开来，才让我们从各个方向看到物体。

燃点

燃点也叫"着火点"，指可燃物质与火源接触可自行燃烧，火源移走后，仍能继续燃烧的最低温度。在一个标准大气压（1.013×10^5 帕）下，氢气的燃点为 580~600℃，木材为 400~470℃，砂糖为 350℃。

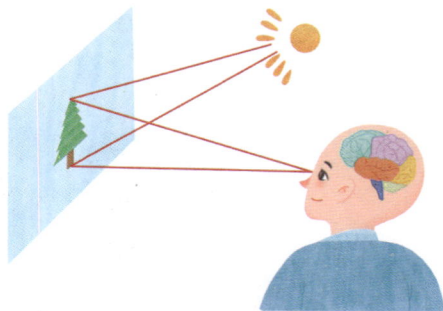

真空

压强远小于 10^5 帕的气态空间叫作真空。在真空状态下，因为没有介质，声音不能传递，但电磁波不受影响。在自然环境里，地球上没有真正意义上的真空，只有外太空有堪称最接近真空的空间。

空气

空气是地球大气层中的混合气体，是我们的"生命气体"。既然它是混合气体，那么空气中有哪些气体呢？如果按体积来算，空气中占比最大的是氮气，约占78%，氧气只占21%，剩下的1%则包括稀有气体（氦、氖、氩、氪、氙、氡）、二氧化碳和其他物质（臭氧、水蒸气、杂质等）。

重力

物体由于地球的吸引而受到的力叫作重力。物体所受的重力是万有引力的一种表现，最早由牛顿发现并提出。重力可以说是塑造了我们现在的世界，如果重力消失，在高速自转的地球上，地面上所有未固定的物体都会离开地球表面，并呈直线飞入太空。

酒精

酒精一般指乙醇，分子式 C_2H_6O。乙醇在常温常压下是一种易燃、易挥发的无色透明液体，毒性比较低，纯液体不能直接饮用。

冰点

冰点是指水的凝固点，也就是水由液态变成固态的温度，在一个标准大气压（1.013×10^5 帕）下的凝固点是0℃。如果水中含有杂质，冰点就会降低，比如海水的冰点低于淡水的冰点，是因为海水中含有盐分。

汽化

物质从液态变成气态的相变过程或现象。例如液体蒸发。

液化

气体经过压缩冷却变成液体的相变过程或现象。例如家用液化石油气就是压缩气体体积使它液化，再储存在钢罐里的。

熔化

对物质进行加热，使物质从固态变成液态的过程。例如金属加热熔化成液体。

凝固

温度降低时，物质由液态变为固态的过程。例如水冻成冰。

升华

固体加热后不经过液态直接变成气态的相变过程或现象。例如冰块蒸发。

凝华

跟升华相反，凝华是指物质跳过液态直接从气态变为固态的相变过程或现象。例如水蒸气遇冷变成雾凇。

暴风雪

暴风雪是伴随强烈的降温和大风的降水天气过程而发生的。在冬天，当云中的温度变得很低时，云中的小水滴结冻。当这些结冻的小水滴撞到其他的小水滴时，就变成了雪。当雪量越来越大，风速达到每小时 56 千米，温度降到 -5℃ 以下时，暴风雪便形成了。

热带气旋

发生在热带或亚热带洋面上、气流作逆时针方向旋转的大气涡旋，是一种强大而深厚的热带天气系统，在夏秋季节最常见。西太平洋及其邻近海域生成的台风、大西洋和东北太平洋生成的飓风，都是热带气旋。

海拔

海拔指地面某个地点高出海平面的垂直距离。马里亚纳海沟是地球上最深的地方，深 11034 米，海拔为 -11034 米；世界最高点是珠穆朗玛峰，2020 年 12 月 8 日公布的珠峰最新海拔高度为 8848.86 米。

陨石

陨石也称"陨星"，是从宇宙空间坠落到星球上的天然固体碎块，地球上大多数的陨石都来自火星和木星间的小行星带，小部分来自月球和火星。陨石大体可分为石质陨石、铁质陨石和石铁混合陨石，它们的主要成分是硅酸盐。

有机酸

有机酸包括天然有机酸和合成有机酸。天然有机酸如柠檬酸、苹果酸、酒石酸、乙酸、丁二酸和草酸等，广泛分布在中药和水果中。而常见的合成有机酸的方法有以黑曲霉发酵法生产柠檬酸、利用固定化细胞技术生产苹果酸等。

溶液

两种或两种以上的纯物质混合而成的混合物叫作溶液。溶液不仅仅是液态哟，它也可以是气态和固态的。比如空气是一种气体溶液，它混合了氧气、二氧化碳、氮气等气体；合金就是彼此呈分子分散的固体溶液；食醋是由酸味物质、水等均匀混合而成的液体溶液。

图书在版编目（CIP）数据

当诗词遇上科学．格物致知 / 滔滔熊童书主编．--
哈尔滨：黑龙江科学技术出版社，2023.6
ISBN 978-7-5719-1386-1

Ⅰ．①当… Ⅱ．①滔… Ⅲ．①古典诗歌－中国－少儿
读物②科学知识－少儿读物 Ⅳ．① I222 ② Z228.1

中国版本图书馆 CIP 数据核字（2022）第 082954 号

当 诗 词 遇 上 科 学 ． 格 物 致 知
DANG SHICI YUSHANG KEXUE . GEWU-ZHIZHI

主　　编	滔滔熊童书
项目总监	薛方闻
责任编辑	王化丽
策　　划	深圳市金版文化发展股份有限公司
封面设计	深圳市金版文化发展股份有限公司
出　　版	黑龙江科学技术出版社
	地址：哈尔滨市南岗区公安街 70-2 号　邮编：150007
	电话：（0451）53642106　传真：（0451）53642143
	网址：www.lkcbs.cn
发　　行	全国新华书店
印　　刷	深圳市雅佳图印刷有限公司
开　　本	889 mm × 1194 mm　1/16
印　　张	16
字　　数	320 千字
版　　次	2023 年 6 月第 1 版
印　　次	2023 年 6 月第 1 次印刷
书　　号	ISBN 978-7-5719-1386-1
定　　价	140.00 元（全 4 册）

当诗词遇上科学

四时节气

滔滔熊童书 主编

黑龙江科学技术出版社

HEILONGJIANG SCIENCE AND TECHNOLOGY PRESS

- 关于本书 -

　　本书收录了 13 首诗词。每首诗词均以 4 页篇幅介绍，前 2 页为"诗词赏析"，包含"注释""译文"和"诗词背后的故事"三个板块，诗词赏析搭配趣味插画，有助于读者学习和背诵诗词。后 2 页为"科学知识"，包含 2 ~ 4 个从诗词中挑选出来的科学知识点，为读者解释和说明，另有"科学加油站"板块，进一步对科学知识进行延伸，让读者在学习科学知识的同时，更深一层地了解和学习诗词。

诗词赏析

诗词
精选适合主题的诗词，引导读者阅读。

注释
对诗词中较难理解的字词进行解释。

诗词背后的故事
对诗词的创作背景和作者写作时的心境做进一步说明。

译文
以浅显易懂的语言，阐明诗词意义。

插画
精美插画贴近诗词意境，趣味性强，有助于理解诗作。

科学知识

节气诗词
罗列二十四节气对应的诗词，帮助小读者深入了解节气物候。

惊蛰（3月5日或6日）

观田家（节选）
［唐］韦应物

微雨众卉新，
一雷惊蛰始。
田家几日闲，
耕种从此起。

立冬（11月7日或8日）

立冬
［唐］李白

冻笔新诗懒写，
寒炉美酒时温。
醉看墨花月白，
恍疑雪满前村。

主题科学
趣味科学知识搭配精美插画，进行主题探究。

科学知识
挑选2～4个科学知识点或节气知识展开介绍，有趣又有料。

立秋

"立秋早晚凉，中午热煞装。"这是立秋时节的气候特征。立秋是秋季的第一个节气，俗话说"立秋三场雨，枇烟变成米"，伴随着偶尔落下的秋雨，农作物开始结果，收获的季节到了。

立秋节气时，太阳在黄经135°的位置，在每年8月7日或8日。立秋并不代表温度会完全降低，此时凉风初至，早晚天气精微凉爽，但多半中午还是有夏天的感觉。

1 立秋食俗
立秋时节，天气不再闷热，人们的胃口会变好，这时就可以"贴秋膘"了。在立秋这天，人们要先量一下体重，看看夏季过去消瘦了多少，再吃一些肉食，在北方的一些地区，人们还会吃饺子，为身体补充营养。

在南方的一些地区，立秋时还有"啃秋"的习俗。在这天，人们会啃西瓜以消除暑气。

2 秋老虎
立秋到处暑这段时间处于"三伏"中，天气仍然较热，"秋老虎"对这片大地"虎视眈眈"。这时副热带高压又开始向南向移动，我国南方地区处于一年中最热的季节，北方却使冷空气来临，也不能压制住这"老虎"。到了白露之后，天气才会彻底转凉。

3 立秋三候

初候，凉风至
秋风带来一丝丝凉意，但是白天依旧炎热。

二候，白露降
初秋时节，清晨会有白色的雾珠。天气由热开始转凉。

三候，寒蝉鸣
在寒蝉鸣叫声中，暑气渐渐退去。

科学加油站
※ 在立秋时节，有一个很出名的节日——七夕节。传说每年的七月初七是牛郎和织女在天上相会的日子，姑娘们会望星空，祈求自己也能像织女一样心灵手巧。所以七夕也叫"乞巧节"。
※ 在天文学上，牛郎星的名称是"河鼓二"，织女星的名称是"织女一"，它们分别是天鹰座和天琴座的亮星。牛郎星边有两颗小星，名为扁担星，就是传说中牛郎扁担上挑着的一双儿女们。

041

语言
采用生动活泼、通俗易懂的语言，为读者分析知识点。

科学加油站
主题科学知识的深入和延伸，助力读者拓展知识。

目录

绝句

[唐] 杜甫

迟日江山丽，
春风花草香。
泥融飞燕子，
沙暖睡鸳鸯。

注 释

迟日：春天的太阳。入春以后白昼渐渐变长。
泥融：湿软的泥土。
鸳鸯：一种水鸟，常成双成对地生活。

译 文

春天的太阳映照下的江山多么秀丽，
春风中飘散着各种花草的芳香。
湿软的泥土引来翩飞的燕子衔泥筑巢，
暖暖的沙洲上睡着成双成对的鸳鸯。

诗词背后的故事

并不是所有名人都是一帆风顺、有所成就的。杜甫年轻时有过封侯拜相的理想，然而现实中的他屡试不第、生活困苦，但他却依然热爱国家，想要帮助受苦受难的百姓。《绝句》就是他在西南漂泊时所作。他感怀这大好春光，怜惜一草一木，欣赏生机勃勃的小动物，用动静结合的手法，描绘了立春时节的美丽景象。

立春

立春标志着春天的开始，是二十四节气之首，意味着寒冬即将过去。这时冰雪融化，万物复苏。由于我国经纬度跨度很大，立春时东南部天气变化比较明显，其他地区可能还要再等几天甚至几个月才会变暖。

太阳到达黄经315°

春分　立春　冬至　秋分　夏至

1 春天来了

冬季过于寒冷，植物一般会以最节省能量的方式度过，例如脱掉叶子或结成种子。等到春季来临，天气回暖、水分增加，植物感受到外界环境适合生长了，就会萌发嫩芽、开出花朵，迎接新的一年。

并不是所有的植物都在春季开花，由于生长的地域不同，花期也会有差异。

立春的时间是从天文观测来确定的，这时太阳在黄经315°的位置，大约是每年的2月3日或4日。

立春这一天，我们可以吃春饼、春卷、萝卜等食物来庆祝春天的到来，这就是咬春习俗。

福　福

2 立春三候

　　七十二候是根据黄河流域在一年中不断变化的自然景象编写的，反映了这一年中的物候和气候状况。五天为一候，三候是一个节气，六个节气就是一个季节，四季就是一年。

　　立春节气后的十五天中，有三种物候现象：

科学加油站

◉ 地球不断自转，还以一定的角度和速度围绕着太阳公转。我们看到的不同季节白天长度的差异变化，是地球的公转造成的。人们把地球绕太阳公转的轨道平面称为黄道面，就是太阳直射光线所在的面。与黄道面对应的就是黄经角度，由它来判定目前是哪个节气。

初候，东风解冻

风向悄悄转变，由冬季的西北风转为东风，大地开始解冻。

二候，蛰虫始振

冬眠中的动物感受到地面的温暖，即将从沉睡中醒来。

三候，鱼陟负冰

河流上的冰面慢慢解冻，鱼在破碎的浮冰中间畅游。

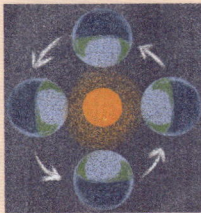

观田家（节选）

[唐] 韦应物

微雨众卉新，
一雷惊蛰始。
田家几日闲，
耕种从此起。

注 释

卉：草的总称。
新：万象更新、生机勃勃。
始：开始。

译 文

细细的春雨给百草带来生机，
一声春雷代表着惊蛰时节的到来。
种田的人家一年能得几日的空闲，
一年的耕种计划就从这时开始了。

784 年万物更新的春季，诗人韦应物在滁州任父母官，看到春耕时农夫辛勤劳作的景象，触景生情，写下了这首诗。他展望了农民一年的工作景象，通过细致观察农民的生活状态，对农村春末时的紧张劳动气氛进行了较为朴实的描写。生机勃勃的一年，自惊蛰开始。

惊蛰

惊蛰时春回大地，人们会感受到一丝温暖，我国大部分地区在这个节气都会有打雷天气。来自太平洋的暖流不敌西伯利亚的寒风，北方大地上残雪斑驳，南方阵阵奔雷唤醒了山川河流，也惊醒了冬眠的动物。

惊蛰是仲春时节的开始，这时太阳在黄经345°的位置，大约在每年的3月5日或6日。

太阳到达黄经345°

春分　惊蛰　冬至　夏至　秋分

1. 惊蛰习俗

"蛰"在古代是动物冬眠的意思，冬眠的动物不吃、不喝、不运动。"惊蛰"的意思是，逐渐温暖的天气会把藏起来冬眠的昆虫都惊醒，所以古时在这天有驱虫的习俗。

理发店

价格

"过了惊蛰节，春耕不能歇"这句谚语预示了春耕后农民们忙碌的日子即将开始。这时的土地并未完全解冻，地表有些脆硬而粘连，翻地就会让土地变得更蓬松，方便植物生根，而翻起的表层土壤还能保持下层土壤的水分，种子生长时能吸收到更多水分与营养。

惊蛰过后几天的农历的二月初二，有"二月二，龙抬头"的说法。人们在这天可以去理发，预示以崭新的面貌迎接新的一年。

在我国很多地方，惊蛰节气有吃梨的习俗。

科学加油站

● 雷电是惊蛰节气最有代表性的大气现象，一般出现在对流旺盛的积雨云里。当云里的水滴、冰晶等颗粒互相摩擦，带正电荷的颗粒集中在云层顶部，带负电荷的颗粒集中在云层底部，由于静电感应，地面带有正电荷，它们互相吸引，会合后就放出强烈的光，形成闪电。与此同时，放电产生的高温会使空气急剧膨胀，又迅速冷却，就形成了"轰隆隆"的雷声。

2 惊蛰三候

初候，桃始华

山桃花绽放，漫山遍野的桃花与柳树的绿叶一起装点春天。

二候，鸧鹒鸣

黄鹂鸟开始在田间、树林中鸣叫。

三候，鹰化为鸠

雄鹰不再经常出现，代替它的是斑鸠。

清明

〔唐〕杜牧

清明时节雨纷纷，

路上行人欲断魂。

借问酒家何处有，

牧童遥指杏花村。

注 释

纷纷：多而杂乱。

行人：羁旅行人。

断魂：形容十分悲伤愁苦。

杏花村：杏花深处的村庄。

译 文

清明时节细雨纷纷飘洒，

离家在外的行人越发感到悲切凄苦。

询问当地人哪里有卖酒的店家，

牧童指向远处那杏花深处的村庄。

诗词背后的故事

　　清明时节总是细雨连绵。路上有一个人从远处缓缓走来，他的衣角被雨淋湿，神情中带着一丝疲惫，这就是任职池州刺史的杜牧。他被这无边细雨困扰，想寻一处地方休憩。

　　我们知道清明不仅是个节气，也是个特殊的节日。杜牧是因为阴沉的天气而消沉，还是因为这个节日而触景生情，现代的人们不得而知。只知道在千年前，这件事发生在清明时节，被他写成诗，诗就随着清明这个节气流传了下来。

清明

清明是一个节气，也是我国传统节日之一。这个时节万物复苏，人们开始播种麦子，到处都是一片生机勃勃的景象。

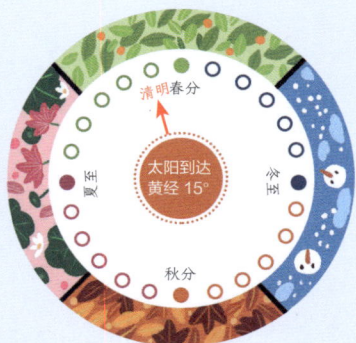

太阳到达
黄经 15°

清明春分

夏至

冬至

秋分

1 清明习俗

清明既是节气，又是节日。祭祖和郊游是清明的两大主题。清明时节，人们扫墓祭祖，表达对先人的思念；踏着漫山遍野的青色追寻新生，展望未来。这时，人们还可以插柳枝、荡秋千、放风筝，感受春天的气息。

清明时节，太阳在黄经 15° 的位置，位于仲春和暮春之交，在每年的 4 月 4 日或 5 日前后。

清明节的前一两天，就是寒食节，古人是将寒食节与清明节放在一起过的。这个古代的传统节日规定节日期间不能开火，只吃冷食，由此得名。

寒食节禁火，而到了清明节就要重新取火。在唐宋时期，皇帝会在清明节这天举行隆重的赐火仪式，把"新火"赐给百官。

科学加油站

● 是什么导致清明时节细雨连绵不断呢？清明时节，从北方南下的冷气团逐渐失去力量，而来自太平洋的暖湿气团则在大陆上缓缓爬行，在角力过程中，冷暖空气相遇的界面就形成了锋面，峰面上的水汽成云致雨。而清明时冷气团和暖气团势均力敌，锋面就停滞不前，一些地区好多天内就保持着烟雨纷纷的状态。直到接近夏季，暖空气越来越强，雨季就结束了。

3. 清明三候

初候，桐始华

这里的"华"是"花"的意思，在这五天里桐花陆续绽放。

二候，田鼠化鴽

鴽是一种小鸟。这时喜欢阴凉的田鼠回洞休息了，小鸟倒是很开心地到处飞跃。

三候，虹始见

清明时节多雨，雨滴也渐大，所以可以经常看到因阳光折射而产生的彩虹。

2. 春季的几个阶段

初春：也叫孟春，这是春季里最早的一个月份。韩愈的《初春小雨》就是描写这时的景象。

仲春：指春季的第二个月，也是农历二月。《清明》这首诗就作在仲春之末。

暮春：也叫季春，这是春季的最后一段时间。王安石的《暮春》则借着这时的景象寄托了离愁。

春夜喜雨

［唐］杜甫

好雨知时节，
当春乃发生。
随风潜入夜，
润物细无声。
野径云俱黑，
江船火独明。
晓看红湿处，
花重锦官城。

注释

乃：就，即。
发生：滋生，生长。
潜：暗暗地，悄悄地。
俱：都。
红湿处：指雨后的花朵沾上雨水，红润一片。
花重：花朵因沾着雨水而显得沉重。
锦官城：现四川省成都市的别称。

译文

春雨好像知道时节的变化，
到了春天，它就自然地应时降落下来。
它在夜间随着春风悄悄来临，
滋润着万物，不发出一点儿声响。
荒野小路上笼罩着浓浓的乌云，
江中渔船上的灯火显得格外明亮。
清晨再看那春雨滋润的花丛，
沾着雨水的沉甸甸的鲜花，必定开遍了锦官城。

诗词背后的故事

　　优秀的诗人总是见微知著。诗人杜甫在成都草堂定居时，写下这首诗，当时他终于摆脱了颠沛流离的生活，又离开了大旱的陕西，见到这滋润万物的春雨，情不自禁，诗兴大发，写下了这首脍炙人口的颂雨诗。他认为这雨是喜雨、好雨，仿佛知晓人们的心思，在人们最需要的时候悄然来临。他亲手耕种的菜、养的花都会因为这雨而长得更好，就如他也将迎来更好的生活。

谷雨

"谷雨"这个节气的名字取自"雨生百谷"。这时的雨水会滋润大地，让百谷生长。俗语 "春雨贵如油" 就说明了这个时节的雨水对这一年庄稼健康成长的意义。

谷雨时节，太阳在黄经 30°的位置，在每年的 4 月 19 日或 20 日。这时进入强对流天气高发期，要注意防备冰雹、雷暴等极端天气。

1 谷雨农事

谷雨时节是养蚕的好时候，所以 4 月也被称为"蚕月"。这段时间养蚕人家分外忙碌，没有空闲时间招待客人。再加上养蚕对环境卫生的要求很高，所以养蚕人家有着"蚕月忌客"的风俗。

黄河流域有句谚语"谷雨前后，种瓜点豆"，长江流域的谚语则是"清明下种，谷雨下秧"。从这两句谚语可以看出我国幅员辽阔，不同的地方种植的作物也有差别，但是对于春雨，大家都是一致欢迎的。

科学加油站

● 古时候，人们常常根据天空状况的变化和长期积累的经验来预测天气，但误差比较大。随着现代科学的发展，人们可以通过地面观测、高空探测、气象卫星观测、天气雷达等多种手段进行气象预测，并借助能运算复杂天气模型的计算机系统进行分析，极大地提高了天气预报的准确性。

2 谷雨吃什么？

在这个忙碌的时节，香椿芽是一种很美味的食物，不仅口感清爽，还能补充营养。吃香椿芽这种习俗也被称为"吃春"。

春季时，人们种植的蔬菜很多还没长成，漫山遍野的野菜就是餐桌佳肴。清新爽口的荠菜、鲜嫩开胃的苜蓿、香味浓郁的香椿嫩芽、药香十足的艾草，拌上鸡蛋、面粉、肉末，或煎或炒，回味无穷。

这时树上也有宝贝，榆树的果实——榆钱，洋槐树的花朵是主食的好"伴侣"，能给米饭带来不一样的口感和味道。

3 谷雨三候

谷雨前是采摘春茶的好时候，这时的龙井"一叶一芽"，被称为雨前龙井，是茶中珍品。喝谷雨茶的习俗也流传至今。

初候，萍始生

此时天气变得潮湿温热，只一晚就能看到池塘里生长出很多浮萍。

二候，鸣鸠拂羽

斑鸠整理好羽毛飞过田野。

三候，戴胜降于桑

戴胜是一种鸟。戴胜出没于桑树林中，落在桑树上鸣叫。

乡村四月

[宋] 翁卷

绿遍山原白满川，

子规声里雨如烟。

乡村四月闲人少，

才了蚕桑又插田。

注 释

山原：山陵和原野。

白满川：川，指平地。稻田中的水泛着白光。

子规：鸟名，杜鹃。

才了：刚刚结束。

插田：插秧。

译 文

山陵和原野间草木茂盛，稻田的水色与天光相呼应，

杜鹃声声啼叫，细雨蒙蒙如烟。

四月的乡村里没有悠闲的人，

刚刚结束采桑喂蚕又要忙着插秧。

诗词背后的故事

　　翁卷一生未做过官，他以诗结交士大夫，与赵师秀、徐照、徐玑合称"永嘉四灵"，有"乡村诗人"的美称。与游览河山的诗人相比，农民就显得格外忙碌。农历四月是现代阳历的五月，正是农忙的时候。诗人翁卷被农民这热火朝天的劳作景象所震撼，感受到了生活的美好和劳动的乐趣，以诗勾勒出了江南水乡初夏时特有的景色。

立夏

　　立夏的到来，意味着夏季即将开始。春与夏交会时，南方细雨纷纷，滋润广阔的土地，而北方则可能迎接突如其来的落雪。寒冷气团与暖湿气团在我国中部地区不断交锋，天空中风起云涌，但不影响地面上人们热火朝天的农忙。

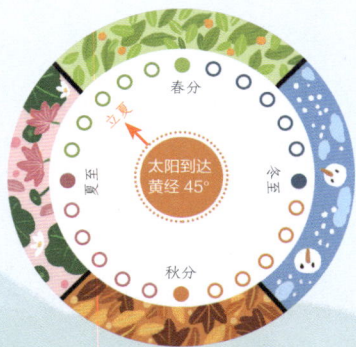

　　立夏节气时，太阳在黄经 45° 的位置，在每年的 5 月 5 日前后。俗语说"春困秋乏夏打盹"，这个季节温暖得让人提不起精神，无论做什么都带着一丝慵懒。由于太阳正往北回归线移动，天亮得越来越早，人们也会醒得更早。

太阳到达
黄经 45°

春分

夏至

冬至

秋分

1 农忙

　　"立夏小满，江满河满。"立夏时由于雨水增多，正适合农作物生长，但也正因为此时进入汛期，要注意防范水灾。但是部分北方地区由于升温快、降水少，反而会陷入干旱，为了保证农作物正常生长，就需要人们及时给农作物浇水。

　　在一些地区，立夏时有斗蛋的习俗。"立夏蛋，满街甩。"斗蛋也叫挂蛋，人们把熟鸡蛋用彩色的线绳编挂起来，挂在小孩的脖子上以免除灾病，而孩子们则拿着鸡蛋互相撞击，鸡蛋破碎了的孩子要吃掉鸡蛋，鸡蛋没有破碎的孩子获胜。

2 立夏习俗

力度

受力点

角度

　　想要在斗蛋中取得胜利，还要动动脑筋，掌握好力度和角度。

● 子规是杜鹃鸟的别称，是一种夏候鸟，每年4-5月时会从南方迁回北方繁殖，9-10月时又从北方飞到南方过冬。

● 和大雁家族不同，它们迁徙时更喜欢独来独往。大杜鹃的叫声就像"布谷、布谷"，它们喜欢吃害虫，又因为每年回北方时正是农忙的时候，这种鸟叫声仿佛在催促人们下田插秧，因此又被人们亲切地称为"布谷鸟"。

4-5月 北	9-10月 北
南	南

3 立夏三候

初候，蝼蝈鸣

蝼蝈也叫蝼蛄、拉拉蛄，立夏时节开始鸣叫。

二候，蚯蚓出

由于天气潮湿，原本藏在土壤里的蚯蚓爬出地面。

三候，王瓜生

王瓜进入快速生长期，枝蔓逐渐旺盛。

三衢道中

[宋] 曾几

梅子黄时日日晴，
小溪泛尽却山行。
绿阴不减来时路，
添得黄鹂四五声。

注 释

三衢（qú）：即浙江衢州，因境内有三衢山而得名。

梅子黄时：指五月，梅子成熟的季节。

小溪泛尽：尽，尽头。泛，乘船。指乘船到小溪的尽头。

却：再，又。

译 文

梅子黄透了的五月，天天都是晴朗的好天气，
乘小舟到了小溪的尽头，再沿着山路继续前行。
一路上绿树成荫，与来的时候一样茂密，
深林中传来四五声黄鹂的啼叫，更增添了一些乐趣。

诗词背后的故事

　　在漫长雨季中的一个晴天，诗人曾几游览了三衢山。他就像《桃花源记》中的那位渔夫，乘舟泛溪而行，到了尽处就步行上山，每一步都充满好奇与探索。此时正值江南的梅雨时节，连日的阴沉多雨天气，让这黄梅天里难得的连续几天晴朗天气显得尤为珍贵，因此他的心情也格外爽朗。

芒种

"芒种芒种，忙收又忙种。"这是一个丰收与播种兼顾的时节。"芒"本义指某些禾本科植物籽实的外壳上长的针状物，大麦、小麦等作物在芒种时节会迎来丰收，而水稻、蔬菜等作物则开始夏播。这就是农民一年中最忙碌的时候了。

春分

夏至芒种

太阳到达
黄经75°

至今

秋分

芒种时，太阳在黄经75°的位置，在每年的6月5日或6日。这时气温升高、雨量充沛，由于总是下很多雨，适合作物种植和生长，人们要和时间赛跑，就有了"麦收如救火"的说法，这也是这个时节农忙景象的真实写照。

1 梅雨季节

每年春末夏初时，江淮流域都会有持续一个月左右的雨天，空气闷热潮湿，细雨连绵，这就是梅雨季节。这时青梅正在变黄，被笼罩在这连绵的雨水中，衣服和家具都容易发霉，所以"梅雨"也称为"霉雨"。梅雨季开始的日子叫"入梅（霉）"，就是芒种后第一个丙日；梅雨季结束的日子叫"出梅（霉），是小暑后第一个未日。

2 端午

每年的农历五月初五是我国的端午节，这个节日一般在芒种时节前后。

据说端午节这天是屈原投江的日子，人们为了不让鱼儿啄咬他，就用糯米和竹叶包成许多粽子投入江中。

端午节有很多习俗，如给小孩戴上五彩线祈祷平安，在江河中举办赛龙舟的活动，在家门口挂上艾草，等等。

在端午节前后,我国华南地区会出现"龙舟水"现象。这种量大而集中的强降水,是因为来自海洋的热带暖湿气流爬上了大陆,而冷空气却寸步不让,于是在南岭一带形成锋面,在季风的加持下,形成了强度很大、持续时间很长的大雨。由于这种雨水总是在龙舟竞渡时产生,所以被称为"龙舟水"。

冷空气

龙舟水

暖湿气流

暖湿气流

副热带高压

3. 芒种三候

初候,螳螂生

螳螂是秋季产卵、第二年破壳的昆虫,这时螳螂开始破壳了。

二候,鵙始鸣

鵙就是伯劳鸟,这时伯劳鸟开始鸣叫。

三候,反舌无声

天气炎热,反舌鸟停止鸣叫了。

山亭夏日

〔唐〕高骈

绿树阴浓夏日长，
楼台倒影入池塘。
水精帘动微风起，
满架蔷薇一院香。

注释

浓：指树丛的阴影色浓，寓意枝叶茂盛。
入：映入。
水精帘：形容质地精细、色泽晶莹的帘子。

译文

夏天到了，绿树下的树荫越来越浓，白昼也越来越长，
楼台的倒影映在池塘中。
清风拂动着水晶帘，
满架的蔷薇花盛开，院中弥漫着阵阵清香。

诗词背后的故事

　　高骈是唐朝后期的一位武将，他出身名门，爱好文学，被称为"落雕侍御"。这首诗写于千年前的一个炎热夏日，茂密的树影铺满地面，夏天的微风穿堂而过，诗人欣赏着院子里盛放的蔷薇，在一个绿树成荫、天光水色相接的山亭中，悠闲地度过午后时光，没有朝堂倾轧，也没有战事烦扰。夏日悠长，这首诗描绘的画面也许就发生在夏至时节。

夏至

　　"至"是到达极致的意思，夏至是炎夏的开始。这时空气中的对流旺盛，在午后常常会有来去匆匆的阵雨，而且这种雨水范围不大，所以有"夏雨隔田坎"的说法。由于这时还没有"出梅"（没出梅雨季），天气依旧潮湿又闷热，偶尔还会有暴雨出现，这时要注意防汛。

太阳到达
黄经90°
春分
夏至
冬至
秋分

1. 立竿无影

　　夏至时，太阳在黄经 90° 的位置，在每年的 6 月 21 日或 22 日，这时太阳直射北回归线。由于我国大部分地区都在北回归线以北，所以这时正午太阳下的影子是全年最短的。甚至在北回归线上的地区，在正午立起竹竿看不到影子，因为影子完全在竹竿的正下方。

2. 夏至习俗

　　夏至时有些地方会有"望夏"的习俗。这时夏播已经过去，人们只需要在田间清理杂草、给农作物浇水就可以了，所以姻亲间就因空闲而互相走动。

面

　　吃面是从古代传承至今的夏至习俗。民间有"冬至饺子夏至面"或"冬至馄饨夏至面"的说法。

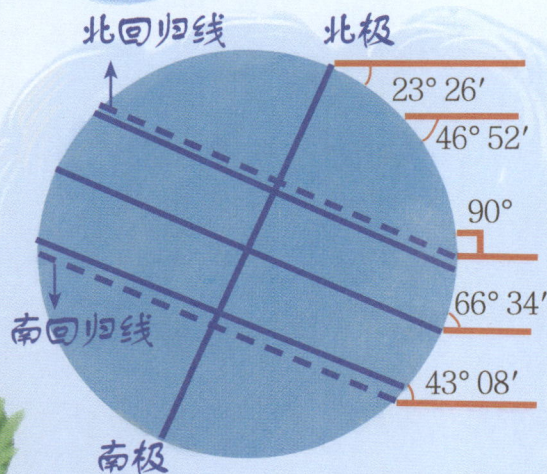

北回归线　北极
23°26′
46°52′
90°
66°34′
43°08′

太阳光线

南回归线
南极

● 夏至是一年中北半球白昼最长的时候，太阳直射北回归线，天亮得极早、暗得极晚。在我国，夏至时白昼最长的地方是黑龙江省漠河县的北极村，它位于北纬53°，夏至前后，这里每天只有2~3小时看不到太阳。而在北极圈内，夏至时会出现极昼现象，就是全天24小时太阳都在地平线以上。极昼现象只出现在南极圈和北极圈内。

3. "夏九九"歌谣

一九至二九，扇子不离手；
三九二十七，吃茶如蜜汁；
四九三十六，争向街头宿；
五九四十五，树顶秋叶舞；
六九五十四，乘凉不入寺；
七九六十三，夜眠寻被单；
八九七十二，被单添夹被；
九九八十一，家家打炭墼。

"夏九九"从夏至算起，就如同"冬九九"一样，每隔九天就有不同的生活习惯和气候特色。夏九九歌谣形象地反映了夏至后的天气变化，也反映了日期与物候的关系。

4. 夏至三候

初候，鹿角解

"解"是脱落的意思。鹿角可以再生，这时鹿角会自然脱落。

二候，蜩始鸣

天气变热，树上的知了开始聒噪。

三候，半夏生

半夏是一种中药植物，根茎可以入药，每到盛夏，就生长得很旺盛。

西江月·夜行黄沙道中

〔宋〕辛弃疾

明月别枝惊鹊，清风半夜鸣蝉。稻花香里说丰年，听取蛙声一片。

七八个星天外，两三点雨山前。旧时茅店社林边，路转溪桥忽见。

注释

别枝：另一段树枝。
茅店：茅草盖的乡村客店。
社林：土地庙附近的树林。
见：通"现"，出现。

译文

明月升上了树梢，惊飞了树上的喜鹊，晚风清爽，蝉叫个不停。在稻花的香气里，人们谈论着丰收年，耳边传来一阵阵蛙声，像在为丰收而欢唱。

寥落的星星在天空闪烁，滴滴小雨转眼便在山前下了起来。从前那个茅屋客店就坐落在土地庙的树林边。山路一转，走过溪流小桥，小店忽然出现在了眼前。

🔲 诗词背后的故事

　　这首诗是辛弃疾谪居江西上饶时所作。诗中刻画了一个炎夏的夜晚，他行走在黄沙道上，晚风轻拂过树梢，使他沉浸于稻香中，忘却了路途远近。那岁月静好的景象与他当时在朝堂中举步维艰的处境形成了鲜明的对比，由此也能看出诗人豁达的胸襟。这首诗里的天气和景色，正应和了小暑节气那变化多端的气候。

小暑

"小暑大暑，上蒸下煮。"出了梅雨天，又入三伏天，南北方的高温连成一片，强对流天气频发，要防备暴雨、冰雹、龙卷风等极端天气，住在山区的人们还要注意预防泥石流和洪水。

"小暑过，一日热三分。"这句谚语乘着阵阵热风而来，预示着一年中最炎热的时期即将开始。小暑时，太阳在黄经105°的位置，在每年的7月7日或8日。

太阳到达黄经105°

春分
夏至
冬至
小暑
秋分

1 小暑食俗

小暑时节荷花开满池塘，田地里的西瓜敲起来"咚咚"作响，草丛里还能听到"啾啾"的蟋蟀叫声。

在这时，一些南方地区要吃藕，北方地区则是吃饺子。在过去，这天还有"食新"的习俗，就是要用新打的米面做成食物，和乡亲们分享。

2 稻花香

稻花就是水稻的花。值此时节，夏意愈浓，大气上方冷、热气流相互厮杀，冷空气溃不成军，往更北的方向遁走，只留下阵雨随风飘落。农作物喝着雨水努力生长，阵阵熏风裹挟着热浪而来，催开了早稻的花朵。

3 小暑三候

初候，温风至

风不再有一丝凉气，暑热彻底降临这片大地。

二候，蟋蟀居壁

天气更热了，蟋蟀来到墙角下避暑。

三候，鹰始鸷挚

这时就连雄鹰都受不了地面的高温，开始向更高、更清凉的地方飞去。

科学加油站

◎ 俗话说"冬练三九，夏练三伏"，这正是增强身体抵抗力的时候，但是要注意预防中暑。到了小暑时节，大暑和三伏天就初露端倪。三伏分为初伏、中伏和末伏，从夏至后第三个庚日开始，到立秋后第二个庚日结束。初伏和末伏各10天，中伏的天数不定。

◎ 古人用10个天干和12个地支组合成日子的名字，通常每10天中就有一个庚日。

甲子	乙丑	丙寅	丁卯	戊辰	己巳	庚午	辛未	壬申	癸酉
甲戌	乙亥	丙子	丁丑	戊寅	己卯	庚辰	辛巳	壬午	癸未
甲申	乙酉	丙戌	丁亥	戊子	己丑	庚寅	辛卯	壬辰	癸巳
甲午	乙未	丙申	丁酉	戊戌	己亥	庚子	辛丑	壬寅	癸卯
甲辰	乙巳	丙午	丁未	戊申	己酉	庚戌	辛亥	壬子	癸丑
甲寅	乙卯	丙辰	丁巳	戊午	己未	庚申	辛酉	壬戌	癸亥

山居秋暝

[唐] 王维

空山新雨后，

天气晚来秋。

明月松间照，

清泉石上流。

竹喧归浣女，

莲动下渔舟。

随意春芳歇，

王孙自可留。

注 释

暝：日落时分，天色将晚。

浣女：洗衣的女子。

春芳：春天的花草。

歇：尽，消失。

王孙：原指贵族子弟，后来也泛指隐居的人。

译 文

空旷的群山刚刚沐浴了一阵雨，山中格外寂静，夜幕降临，凉风习习，让人感受到秋意渐浓。皎洁的月光从松林间洒下，泉水在山石上流淌。竹林中传来一阵喧闹声，那是洗衣女一路欢笑归来，莲叶轻摇，渔舟缓缓驶来。春日的芳菲不妨任凭它消逝，秋日如此美好，王公贵族也愿意在山中久留。

⊏ 诗词背后的故事

　　这首诗是王维隐居终南山的辋川别业时所作，描绘了秋雨初晴后，傍晚时分山村的旖旎风光和山居村民的淳朴风尚。诗中写着春光已逝，但秋景更佳，这就是他向往的淳朴自在、无忧无虑的日子。如今我们在立秋时节的山中，还能感受到诗人当初的心境。

立秋

"立秋早晚凉，中午热湿裳。" 这是立秋时节的气候特征。立秋是秋季的第一个节气，俗话说"立秋三场雨，秕稻变成米"，伴随着偶尔降下的秋雨，农作物开始结果，收获的季节到了。

太阳到达黄经 135°

春分

冬至

夏至

秋分

立秋节气时，太阳在黄经 135° 的位置，在每年 8 月 7 日或 8 日。立秋并不代表温度会完全降低，此时凉风初至，早晚天气稍微凉爽，但是中午还是有夏天的感觉。

1 立秋食俗

立秋时节，天气不再闷热，人们的胃口会变好，这时就可以"贴秋膘"了。在立秋这天，人们要先量一下体重，看看夏季过去消瘦了多少，再吃一些肉食，在北方的一些地区，人们还会吃饺子，为身体补充营养。

在南方的一些地区，立秋时还有"啃秋"的习俗。在这天，人们会啃西瓜以消除暑气。

瓜

2 秋老虎

立秋到处暑这段时间处于"三伏"中，天气仍然较热，"秋老虎"对这片大地"虎视眈眈"。这时副热带高压又开始向南移动，我国南方地区处于一年中最热的季节，北方即使冷空气来临，也不能压制住这"老虎"。到了白露之后，天气才会彻底转凉。

3 立秋三候

初候，凉风至

秋风带来一丝凉爽，但是白天依旧炎热。

二候，白露降

初秋时节，清晨会有白色的雾霭。天气由热开始转凉。

三候，寒蝉鸣

在寒蝉鸣叫声中，暑气逐渐退去。

科学加油站

● 在立秋时节，有一个很出名的节日——七夕节。传说每年的七月初七是牛郎和织女在天上相会的日子，姑娘们会望着星空，祈求自己也能像织女一样心灵手巧。所以七夕也叫"乞巧节"。

● 在天文学上，牛郎星的名称是"河鼓二"，织女星的名称是"织女一"，它们分别是天鹰座和天琴座的亮星。牛郎星边有两颗小星，名为扁担星，就是传说中牛郎扁担上挑着的一双儿女了。

枫桥夜泊

[唐] 张继

月落乌啼霜满天，
江枫渔火对愁眠。
姑苏城外寒山寺，
夜半钟声到客船。

注 释

江枫：江边枫树。
渔火：渔船上的灯火。
姑苏：苏州的旧称。
寒山寺：在枫桥附近，始建于南朝梁代。相传唐
代僧人寒山曾住于此，因而得名。

译 文

月亮西落，乌鸦在林中啼鸣，寒霜满天，
对着江边的枫树和江中的点点渔火，伴着忧愁入睡。
姑苏城外有座寒山寺，
半夜里，那里传来沉闷的钟声，划破了寂静的夜空，悠悠地传到了客船中。

🔲 诗词背后的故事

　　古代文人在追求仕途的过程中，往往需要离开故乡，长久寄居他乡。他们将旅途中客居时的所见所感都写了下来，创作出了一首首羁旅诗。不过，仕途顺遂、实现了人生理想的文人往往不会产生羁旅之思，因此羁旅诗往往表达的是失意、苦闷、寂寞、思亲、思乡等情感。这首诗就是在"安史之乱"后，张继途经寒山寺时写下的，萧条的景象也映衬着他忧国、忧己的愁绪。这旷远凄寒的夜宿江舟的故事，也许就发生在霜降时节。

霜降

秋冬交替的时候，风如刀、霜如剑，霜降是秋天的最后一个节气。霜降之后，风变得强劲，气温下降，昼夜温差变大，人们会明显感觉天气变得更冷了。这时叶子会变黄落下，一些昆虫开始冬眠。

太阳到达黄经210°

春分

夏至

冬至

秋分

霜降

霜降节气时，太阳在黄经210°的位置，在每年的10月23日或24日。

农谚说："霜降摘柿子。"霜降时节正是人们赏菊花、吃柿子的好时候。

1 树叶的变化

树叶里通常含有多种天然色素，不同色素的含量会随着环境温度的变化而变化。在春夏季节中，树叶里的叶绿素含量最高，树叶的颜色以绿色为主。到了气温比较低的秋天，树叶里的叶黄素、花青素等其他色素的含量会逐渐提高，树叶就会变成红色或者黄色了。

树叶里含有脱落酸。到了秋冬时节，树木的各种代谢会随着气温的降低而减慢，为了减少树叶对树木内部水分的蒸腾，保证树木体内存留足够的水分来度过寒冷的冬季，在脱落酸的作用下，树叶就会从枝头脱落，这是树木对寒冷的一种适应现象。

俗语说"霜降一过百草枯，薯类收藏莫迟误"，这时的农作物都要赶紧收获、储藏，而南方地区还要播种一些越冬的作物。

◉ 霜是怎么形成的呢？古人给这个节气命名为"霜降"，是因为古人以为霜是像雪花一样从天而降的。实际上，霜是当地面温度降到0℃以下时，空气湿度又较高，水汽就在物体表面凝结，形成疏松的白色冰晶。由于需要气温低于0℃才能凝结，霜一般在夜晚形成，白天因气温升高可能会化掉。但是由于南北差异，霜降时节不一定会"降"下霜哟。

2 霜降三候

初候，豺乃祭兽

豺开始大量捕猎食物，准备过冬。

二候，草木黄落

草叶变黄、枯萎，树叶变黄、脱落。

三候，蛰虫咸俯

一些昆虫开始进入冬眠状态。

逢雪宿芙蓉山主人

〔唐〕刘长卿

日暮苍山远，

天寒白屋贫。

柴门闻犬吠，

风雪夜归人。

注释

逢：遇上。
宿：住宿，投宿。
苍山：青色的山峦。
白屋：指未加修饰的简陋茅草屋。
柴门：篱笆门。

译文

日色已晚，青山在暮色中显得很远，
天气寒冷，茅草屋显得更加清贫。
篱笆门前传来狗吠的声音，
风雪之夜，宿家的主人归来了。

　　在千年前的一个秋冬季节，诗人刘长卿路经芙蓉山。天色已晚，他在暮色来临时预感山中会有风雪，心情压抑，急于找一个可以休息的地方，无奈投宿山中一户农家。当时的刘长卿受到吴仲孺的诬陷而获罪，好在监察御史苗丕给了他一个公道，从轻发落，才被贬为睦州司马。不知他雪夜在简陋的茅草屋中躲避寒风时的心情，是否和官场上被诬陷又峰回路转时的心情相似。

小雪

小雪是冬季的第二个节气，我国北方地区的气温会降到 0℃ 以下，空气中的水分降下时会从雨变成雪，由于大地的余温还在，雪量不大，所以一般只会下纷纷扬扬的小雪。这时西北风愈烈，人们会觉得寒冷，要注意保暖。而秦岭淮河以南地区则很少会降雪。

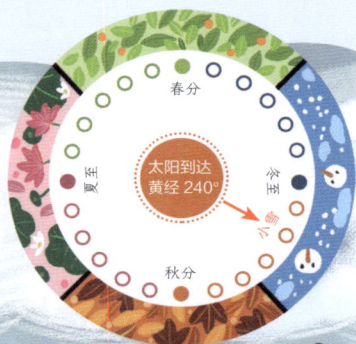

太阳到达
黄经240°

春分

夏至

冬至

秋分

小雪节气时，太阳在黄经 240° 的位置，在每年的 11 月 22 日或 23 日，由于天气寒冷，北方地区的人们会糊窗缝来给室内保暖。这时农事活动基本都完成了，所以人们会在屋子里做一些手工，如编扫帚、竹筐等。而南方地区的人们则开始栽种第二年春天收获的农作物。

1 小雪食俗

俗话说："小雪腌菜，大雪腌肉。"这时新鲜蔬菜渐渐变少了，所以人们会储存白菜、萝卜、土豆等蔬菜越冬。

东北地区的人们还会腌酸菜，使餐桌上的菜肴变得更丰盛。

南方地区的人们则开始制作腊肉、香肠，有些地区还有吃糍粑的习俗。

2 瑞雪兆丰年

农谚说："小雪雪满天，来年必丰年。"这是千百年来农民总结出的经验。

● 雪花是这样形成的：当寒冷的高空中水汽充足，水汽附着在尘埃上，低温状态下直接凝结成六棱柱状的小冰晶，再逐渐增大，形成雪晶。雪晶有很多种形状。

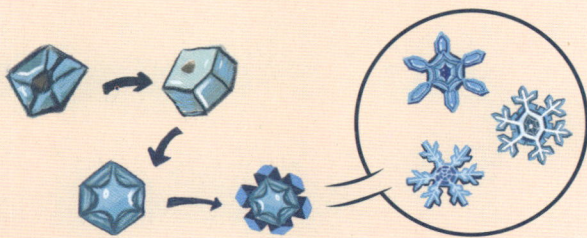

这天降雪代表来年雨水丰厚，不会出现旱灾。雪不仅能冻死土壤中的害虫和虫卵，融化后还能滋润土壤。

雪是大地的"棉被"，由于雪花是六边形的，堆叠在一起时，中间的空隙中藏着空气，可以阻止土地的热量外溢，丰厚的雪层能保护植被不被寒风冻坏。

3 小雪三候

初候，虹藏不见

这时空气干燥，降水也都变为雪，所以看不见彩虹了。

二候，天气升，地气降

天空中"阳气"上升，地面上"阴气"下降，万物失去生机。

三候，闭塞成冬

天寒地冻，冬季到来。

天气

地气

江雪

［唐］柳宗元

千山鸟飞绝，
万径人踪灭。
孤舟蓑笠翁，
独钓寒江雪。

注 释

绝：尽，绝迹。

万径：指千万条路。

人踪：人的脚印。

蓑：蓑衣，一种用草编织的雨衣。

笠：斗笠。

译 文

所有山峦中不见飞鸟的影子，
所有小路上也没有行人的踪迹。
孤舟上一位披着蓑衣、戴着斗笠的老翁，
独自在寒冷的江面上钓鱼。

诗词背后的故事

　　唐朝诗人柳宗元仕途坎坷，他曾因参加革新运动失败而被贬官。这时的柳宗元穷困潦倒，在谪居永州的十年中，他并未消沉，创作了三百多篇诗文佳作，《江雪》这首诗就是在此时所作。这首诗描绘的是雪景，也是诗人自己的心境，只用二十字就勾勒出白雪茫茫的荒寂之景和渔翁孤傲的形象，渔翁的生活是如此清高又孤傲，就如同此时的他一般。这首诗描绘的景色，我们在冬至时节也许能见到。

冬至

冬至也叫冬节、亚岁，在一些地区，冬至的重要性仅次于春节，有"冬至大于年"的说法，因为过了这一天，白日就会越来越长。冬至后，就是一年中最寒冷的一段时间。

冬至这天，太阳在黄经 270° 的位置，在每年的 12 月 21 日或 22 日，太阳直射南回归线，是一年中白昼最短、夜最长的一天。

春分

太阳到达
黄经 270°

冬至

夏至

秋分

1 冬至习俗

以前有俗语说，冬至不吃饺子会冻掉耳朵，所以我国北方地区的人们在这天会吃饺子。

南方地区则有吃汤圆、米团、面条的习俗。

福

2 冬天的动物

在冬天，变温动物和部分哺乳动物以及部分鸟类会找个隐蔽的地方冬眠，这样就能保持体温、减少能量消耗，一觉睡到第二年春天。还有一部分鸟类会随着季节变化进行大迁徙，长途飞行到温暖的地方过冬，第二年再回到北方。

3 冬九九

数九的习俗由来已久，可以计算寒冬什么时候结束。数九是从冬至逢壬日的一九开始，直到九九为止。《数九歌》就描述了冬季各个时段的气候景象：

> 一九二九不出手，
> 三九四九冰上走，
> 五九六九河边看柳，
> 七九河开，八九雁来，
> 九九加一九，耕牛遍地走。

科学加油站

● 地球以倾斜的姿态迎接阳光的照射，黄道面和赤道面并不重叠。南北回归线是阳光直射在地球上的南北界线。当太阳从赤道向南回归线移动时，北半球正处在冬季，黑夜长、白昼短。到了冬至这天，北半球正处于白昼最短的时候。而白天和黑夜等长的情况，只在春分和秋分太阳直射在赤道上的时候出现。

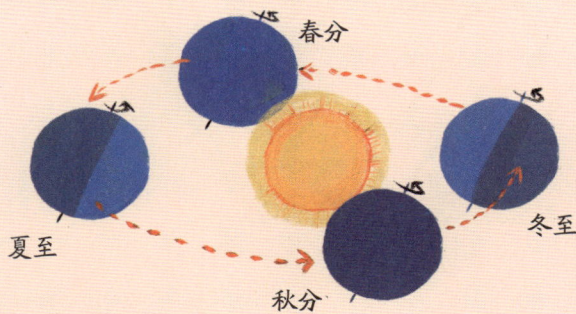

春分

夏至

秋分

冬至

4 冬至三候

初候，蚯蚓结

这时土壤中的蚯蚓冻得卷曲着身体，不活动了。

二候，麋角解

麋鹿的角会脱落，待明年再长出，周而复始。

三候，水泉动

一些山中的泉水还在流动。

梅花

[宋] 王安石

墙角数枝梅，

凌寒独自开。

遥知不是雪，

为有暗香来。

注释

凌寒：冒着严寒。

为：因为。

暗香：指隐隐传来梅花清幽的香气。

译文

墙角处有几枝梅花，

冒着严寒独自盛开。

远远望过去就知道那不是雪，

因为有梅花的阵阵幽香传来。

诗词背后的故事

梅是我国特有的乔木，很耐寒，一般在冬末春初时开花，花香清幽，使它被赋予了高洁、坚强的品质，经常能引起文人墨客的共鸣。梅花与松、竹并称为"岁寒三友"，它们不畏严寒的精神历来为世人所称颂。这首诗描写了在严寒中独自开放的白梅，赞颂其卓尔不群、坚强不屈的品质。梅花不畏严寒开放时，正是大寒节气。

大寒

"小寒不如大寒寒，大寒之后天渐暖。"大寒是一年中的最后一个节气，过完这个节气，一年就结束了。大寒时，天气寒冷到了极致，也是一年中雨水最少的时候。

大寒节气时，太阳在黄经 300°的位置，在每年的 1 月 20日或 21 日，这是春节前的最后一个节气，年味渐浓，人们开始除旧迎新，为春节做准备。

太阳到达黄经 300°

春分
夏至
秋分
冬至
大寒

1 春节

一般在大寒后的几天，就迎来了我国最著名的传统节日——春节。

春节这一天，人们会吃饺子、挂灯笼、贴春联、包红包，一连几天都充满了喜悦的氛围。

这时南北的温差很大，北方可以堆雪人，而南方有些地方已经温暖得可以穿衬衣了。

福 福 福 福

2 二十四节气歌

二十四节气是上古农耕文明的产物，它揭示了天文气象变化的规律，不仅在农业生产方面起着指导作用，还影响着人们的衣食住行。为了方便记忆，人们将二十四个节气编成了一首小诗歌。

春雨惊春清谷天，夏满芒夏暑相连，
秋处露秋寒霜降，冬雪雪冬小大寒。
每月两节不变更，最多相差一两天，
上半年来六、廿一，下半年是八、廿三。

科学加油站

◉ 虽然冬至节气后太阳已经从南回归线往回移动，但是被冻结实了的土地并不会立刻回暖，这时土壤深层的热量散失到了最低点，所以这个时节是一年中最寒冷的时候。我国北方地区在小寒节气比较冷，南方地区则是大寒节气更冷一些。

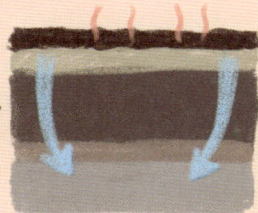

土壤 →

3 大寒三候

二候，征鸟厉疾

鹰、隼这类很凶猛的鸟开始捕猎食物。

初候，鸡始乳

母鸡开始孵化小鸡。

三候，水泽腹坚

天气更加寒冷，有水的冰层冻得越来越结实了。

二十四节气

立春（2月3日或4日）

绝句

[唐]杜甫

迟日江山丽，
春风花草香。
泥融飞燕子，
沙暖睡鸳鸯。

雨水（2月18日或19日）

早春呈水部张十八员外二首

（其一）

[唐]韩愈

天街小雨润如酥，
草色遥看近却无。
最是一年春好处，
绝胜烟柳满皇都。

惊蛰（3月5日或6日）

观田家（节选）

[唐]韦应物

微雨众卉新，
一雷惊蛰始。
田家几日闲，
耕种从此起。

春分（3月20日或21日）

春日

[宋]朱熹

胜日寻芳泗水滨，
无边光景一时新。
等闲识得东风面，
万紫千红总是春。

清明（4月4日或5日）

清明

[唐]杜牧

清明时节雨纷纷，
路上行人欲断魂。
借问酒家何处有，
牧童遥指杏花村。

谷雨（4月19日或20日）

春夜喜雨

[唐]杜甫

好雨知时节，当春乃发生。
随风潜入夜，润物细无声。
野径云俱黑，江船火独明。
晓看红湿处，花重锦官城。

立夏（5月5日前后）

乡村四月

[宋] 翁卷

绿遍山原白满川，
子规声里雨如烟。
乡村四月闲人少，
才了蚕桑又插田。

小满（5月20日或21日）

田舍

[唐] 杜甫

田舍清江曲，柴门古道旁。
草深迷市井，地僻懒衣裳。
榉柳枝枝弱，枇杷树树香。
鸬鹚西日照，晒翅满鱼梁。

芒种（6月5日或6日）

三衢道中

[宋] 曾几

梅子黄时日日晴，
小溪泛尽却山行。
绿阴不减来时路，
添得黄鹂四五声。

夏至（6月21日或22日）

山亭夏日

[唐] 高骈

绿树阴浓夏日长，
楼台倒影入池塘。
水精帘动微风起，
满架蔷薇一院香。

小暑（7月7日或8日）

西江月·夜行黄沙道中

[宋] 辛弃疾

明月别枝惊鹊，清风半夜鸣蝉。
稻花香里说丰年，听取蛙声一片。
七八个星天外，两三点雨山前。
旧时茅店社林边，路转溪桥忽见。

大暑（7月22日或23日）

消暑

[唐] 白居易

何以销烦暑，端居一院中。
眼前无长物，窗下有清风。
热散由心静，凉生为室空。
此时身自得，难更与人同。

立秋（8月7日或8日）

山居秋暝

［唐］王维

空山新雨后，天气晚来秋。
明月松间照，清泉石上流。
竹喧归浣女，莲动下渔舟。
随意春芳歇，王孙自可留。

处暑（8月23日或24日）

闲适（节选）

［宋］陆游

四时俱可喜，
最好新秋时。
柴门傍野水，
邻叟闲相期。

白露（9月7日或8日）

南湖晚秋（节选）

［唐］白居易

八月白露降，
湖中水方老。
旦夕秋风多，
衰荷半倾倒。

秋分（9月22日或23日）

秋分后顿凄冷有感（节选）

［宋］陆游

今年秋气早，
木落不待黄。
蟋蟀当在宇，
遽已近我床。

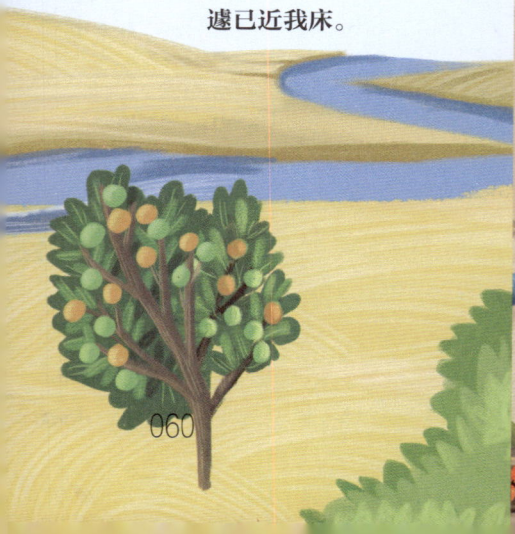

寒露（10月8日前后）

渔家傲·秋思

［宋］范仲淹

塞下秋来风景异，
衡阳雁去无留意。
四面边声连角起，
千嶂里，长烟落日孤城闭。
浊酒一杯家万里，
燕然未勒归无计。
羌管悠悠霜满地，
人不寐，将军白发征夫泪。

霜降（10月23日或24日）

枫桥夜泊

［唐］张继

月落乌啼霜满天，
江枫渔火对愁眠。
姑苏城外寒山寺，
夜半钟声到客船。

立冬（11月7日或8日）

立冬

［唐］李白

冻笔新诗懒写，
寒炉美酒时温。
醉看墨花月白，
恍疑雪满前村。

小雪（11月22日或23日）

逢雪宿芙蓉山主人

［唐］刘长卿

日暮苍山远，
天寒白屋贫。
柴门闻犬吠，
风雪夜归人。

大雪（12月6日或7日）

雪

［唐］罗隐

尽道丰年瑞，
丰年事若何。
长安有贫者，
为瑞不宜多。

冬至（12月21日或22日）

江雪

［唐］柳宗元

千山鸟飞绝，
万径人踪灭。
孤舟蓑笠翁，
独钓寒江雪。

小寒（1月5日或6日）

咏廿四气诗·小寒十二月节

［唐］元稹

小寒连大吕，欢鹊垒新巢。
拾食寻河曲，衔紫绕树梢。
霜鹰近北首，雏雉隐藂茅。
莫怪严凝切，春冬正月交。

大寒（1月20日或21日）

梅花

［宋］王安石

墙角数枝梅，
凌寒独自开。
遥知不是雪，
为有暗香来。

图书在版编目（CIP）数据

当诗词遇上科学 . 四时节气 / 滔滔熊童书主编 . --
哈尔滨：黑龙江科学技术出版社，2023.6
ISBN 978-7-5719-1386-1

Ⅰ . ①当… Ⅱ . ①滔… Ⅲ . ①古典诗歌 – 中国 – 少儿
读物②科学知识 – 少儿读物 Ⅳ . ① I222 ② Z228.1

中国版本图书馆 CIP 数据核字 (2022) 第 082957 号

当 诗 词 遇 上 科 学 . 四 时 节 气

DANG SHICI YUSHANG KEXUE . SISHI JIEQI

主　　编	滔滔熊童书	
项目总监	薛方闻	
责任编辑	刘杨	
策　　划	深圳市金版文化发展股份有限公司	
封面设计	深圳市金版文化发展股份有限公司	
出　　版	黑龙江科学技术出版社	
	地址：哈尔滨市南岗区公安街 70-2 号　邮编：150007	
	电话：（0451）53642106　传真：（0451）53642143	
	网址：www.lkcbs.cn	
发　　行	全国新华书店	
印　　刷	深圳市雅佳图印刷有限公司	
开　　本	889 mm × 1194 mm　1/16	
印　　张	16	
字　　数	320 千字	
版　　次	2023 年 6 月第 1 版	
印　　次	2023 年 6 月第 1 次印刷	
书　　号	ISBN 978-7-5719-1386-1	
定　　价	140.00 元（全 4 册）	